永恒的骰子
巴列霍诗选

Los dados eternos
Poemas selectos de César Vallejo

[秘鲁]塞萨尔·巴列霍 著

陈黎 张芬龄 译

雅众文化 出品

目 录

译者序

以苦难为发条的奇异的果实——论巴列霍的诗   I

黑色的使者（1918）

黑色的使者	29
圣落叶	30
冰 帆	31
暗 光	32
离 去	33
蜘 蛛	34
巴别塔	36
狭窄的剧院包厢	37
诗人致其恋人	39
九 月	41
残 酒	43
黑色之杯	45
逝去的牧歌	47
同志爱	48
白玫瑰	50
我们的面包	52
禁忌的爱	54
悲惨的晚餐	55
石 头	57
永恒的骰子	59

疲惫的循环	61
雨	62
爱情	63
上帝	65
统合	66
遥远的脚步声	67
给我的哥哥米盖	69
判决	71

Trilce（1922）

2 时间时间	77
3 我们的爸妈	79
6 我明天穿的衣服	81
11 我遇到一个女孩	83
13 我想到你的性	85
15 在我们同睡过许多夜晚的	86
18 哦小囚室的四面墙	87
23 装着我那些饼干的通红的烤箱	89
24 在一个开着花的坟墓边	91
27 这溪流叫我惊慌	92
33 假如今夜下雨	94
34 再也无关了，陌生人	96
41 死亡跪着溅出	97
44 这架钢琴在内部旅行	98
45 潮水涌来时，我脱离了大海	100
49 不安地被咕咕咕嘀咕着	101
51 开玩笑罢了。我只是假装如此	103
58 在囚室，在不可破的牢固中	105
61 今夜我从马上下来	108
64 飘忽不定的里程碑坠入爱河	110

69 你如何追猎我们，哦海啊	111
71 太阳蛇行于你清凉的手上	112
74 去年那一天多精彩啊……！	114
77 雨雹下得这么大，仿佛我应该记起	116

人类的诗（1939）

时间的暴力	119
生命中最糟的状况	121
骨头的名册	123
我来谈谈希望	124
渴望停止了	126
我在笑	127
高度与头发	129
帽子，大衣，手套	130
在苦与乐之间有三个家伙调解	131
当网球选手精湛地发射他的	132
白石上的黑石	133
那天是星期天，在我驴子清朗的耳朵里	134
今天我不再那么喜欢生活了	136
致过客书	138
等到我回来那一天	140
最后，那持续的好闻的香味不见了	141
饥饿者的刑轮	143
停滞于一颗石头上	145
巴黎，一九三六年十月	148
而如果在这么多言词之后	149
矿工们从矿坑出来	151
一根柱子支撑着安慰	154
供阅读与歌唱的诗	156
口音挂在我的鞋子上	158

我留下来温暖那淹死我的墨水	160
和平，胡蜂，鞋跟，斜坡	162
受苦，博学多识，有品	164
我纯粹因为热而发冷	166
信任眼镜，而非眼睛	168
结婚进行曲	169
愤怒使大人碎成许多小孩	170
强度与高度	172
吉他	173
什么东西进入我	176
九只怪物	178
有个人肩上扛着面包走过	182
手掌与吉他	184
轭	186
事实是，我穿上我裤子的地方	187
某样东西将你与离你而去的人	190
总之，我只能用我的死亡来表达我的生命	191

西班牙，求你叫这杯离开我（1940）

1 给共和国志愿军的赞歌	195
4 乞丐们……	205
9 给一位共和军英雄的小祈祷文	207
11 我注视着尸体……	209
12 群体	210
14 当心，西班牙……	211
15 西班牙，求你叫这杯离开我	213

译者序

以苦难为发条的奇异的果实
——论巴列霍的诗

巴列霍（César Vallejo，1892—1938）是20世纪最伟大的拉丁美洲诗人之一。46岁去世，他写下的诗作总共不过两百五十首左右，与后他出生的聂鲁达（Pablo Neruda，1904—1973）、帕斯（Octavio Paz，1914—1998）相较，显然不算多产，但这些诗作巨细靡遗地记录了一颗受苦的灵魂漂泊、挣扎，挖掘内在自我与探索人性秘密的过程。在20世纪所有使用西班牙语写作的诗人当中，巴列霍可以说是最具独创性的一位，这不仅因为他在技巧上对传统的语言进行革命性的突破，并且因为他的诗在内涵上有着丰富、热烈的情感。他的诗有时读来颇有难度，甚至让人不得其门而入，但它们却都是有血有泪、最真实而奇异的经验之诗。

巴列霍出生于秘鲁北部的圣地亚哥-德丘科（Santiago de Chuco），一个位于高山区靠近特鲁希略（Trujillo）的小镇。巴列霍的父亲和母亲皆为西班牙后裔与印第安女人所生。巴列霍的家庭算是中产阶级，并不富有，但在家中11个孩子中排行最末的巴列霍还是上了特鲁希略大学，并曾短期就读于首都利马的圣马尔科斯大学。他最初的一些诗写于大学时期，1918年，这些诗结集成《黑色的使者》(*Los heraldos negros*）一书出版。1920年，他在家乡被捕，罪名是"纵火、伤害、企图杀人、抢劫以及暴动"。这些罪名虽然未经证实，但巴列霍还是坐了112天的牢。这次经验是他生命的转折点，为巴列霍的人生观和创作带来重大的影响。他第二本诗集《Trilce》(*Trilce*, 1922) 里一些最好、最复杂的诗即是在狱中写成的。1923年，他来到巴黎，至死不曾离开欧洲，生活始终贫苦。

1928年和1929年，巴列霍两度访问苏联，1930年，因参与共产党活动被逐出法国。在20世纪20年代末期以及30年代开始的几年间，巴列霍在政治激情的驱使下写了一些小说跟剧本，但都非成功之作，因为其中带有太多的教诲跟政治宣传。1933年，巴列霍从西班牙回到巴黎，迨西班牙内战爆发（1936）又前往西班牙，访问了共和军的领区，并且参加国际作家会议。之后他又回到巴黎为共和军出力，此时的他已是病魔缠身。1938年，他病逝于巴黎。

在他生命的最后几年里，巴列霍再度狂热地写诗，这些作品一直到他死后才被出版。他于1937年以西班牙内战为题材写成的一组诗，在1940年以《西班牙，求你叫这杯离开我》(*España, aparta de mí este cáliz*) 为标题在墨西哥出版。他的其他诗作，共95首，则收于《人类的诗》(*Poemas humanos*) 一书，于1939年在巴黎出版。这本诗集包含了巴列霍最感人的一些诗篇，在疾病与那个时代经济萧条的阴影笼罩下，他以丰沛而旺盛的创作力写出了人类面对死亡时的荒谬姿态，以及于非理性社会中求生的困境。

1.《黑色的使者》

从第一本诗集起,巴列霍即企图写现代人。一开始他的诗仍不出现代主义者(Modernista)的形式与语汇,《黑色的使者》里有一组关于印第安人的诗——"帝国的乡愁"(Nostalgias imperiales)——使人想起乌拉圭诗人埃雷拉·雷西格(Julio Herrera y Reissig, 1875—1910)的十四行诗。在这些诗里,巴列霍描绘出一个田园风的圣地亚哥-德丘科,充满圣经式的伤感,找不到一丝迫害感或者种族与政治的歧视;与现代主义者一样,他用了许多基督教(此处指包括天主教等在内的广义的基督宗教体系)的词汇——弥撒、钉死于十字架、基督——来表现个人的激情与苦闷。即便如此,巴列霍在第一本诗集里已然写出一些独创性极强且戏剧性十足的诗篇,藉由客观的情境隐喻内在的冲突和情感。譬如《蜘蛛》(La araña)一诗,受伤的蜘蛛躺在石头边缘动弹不得,眼睛与腿一样地无助:

> 那是一只巨大的蜘蛛,它的肚子不能
> 跟随它的头。
> 而我想到了它的眼睛,
> 它无数只的脚:
> 而我为这个旅行者大感悲痛!

但这只蜘蛛的挣扎让我们联想到人类的困境——在许多时候,头脑与智能因无法合一而软弱无力。

在另一首著名的《同志爱》(Ágape——爱餐,原始基督教的餐礼）中，罪恶感与疏离感经由诗人对走过门外的路人们渴切的询问而变得戏剧化：

> 今天没有人来问我问题；
> 今天下午，没有人来向我问任何东西。
>
> 我一朵坟头的花也没看到，
> 在这样快乐的光的行列里。
> 原谅我，上帝：我死得多么少啊。
>
> 今天下午，每一个，每一个走过的人
> 都不曾停下来问我任何东西。
>
> 而我不知道他们忘记了什么东西
> 错误地留在我的手里，像什么陌生的东西。
>
> 我跑到门外，
> 对他们大叫：
> 如果你们掉了什么东西，在这里啊！
>
> 因为在今生所有的下午里，
> 我不知道他们当着我的面把什么门砰一声关上，
> 而某个陌生的东西抓着我的灵魂。
>
> 今天没有人走过来；
> 而在今天，今天下午，我死得多么少啊。

当诗人看着人们走过他身旁而不来问他或同他沟通的时候，他感觉到一种空虚的苦恼。那些在"光的行列里"走过的人是快乐的，而门内的诗人却忧思重重。有许多关键词具有阻断感情的作用："没有人""陌生的""死""下午"。这些都是否定的字眼，肯定的字眼阙如。完满、充实、和谐因为不存在而被臆测着。门的开关象征给予与弃绝——点出个人与外在世界的关系。个人的"未参与"引发一种失落的缺憾感。他必须死，才能充分地活着。

这首诗藉两组相对的事物形成一种张力，可说是典型的"辩证法"的诗。巴列霍诗作的魅力往往来自这种矛盾的情境，譬如在这首诗里：我们发现乞求者并不是那些走过门外、被期望来敲门的过路人，反而是房子的主人——他必须把门打开，以乞求之姿将自己给予群众。

在某些诗里，基督教圣餐式（communión：灵交）的意象被用来象征人类的兄弟之爱——譬如《我们的面包》（El pan nuestro）、《悲惨的晚餐》（La cena miserable）等诗，但巴列霍却是在家与家庭生活里找到了他在成人世界里找不到的整体感与完美感。诗集最末的"家之歌"（Canciones de hogar）是一组关于他的家人以及童年的诗篇。父亲与母亲（"两条白色、弯曲的老路"：见《遥远的脚步声》[Los pasos lejanos]）代表了他来到这人世的神意——来到一个快乐、温暖、充满许诺与童年完满的世界，然而很遗憾地，这些事物无法继续存留为成人生活里。母亲是生命、万物的中心，她的在场使得晚餐的面包变成圣饼。他的哥哥米盖是家中第一个死去的（1915），而"家之歌"里最感人的诗篇之一即是悼念他的《给我的哥哥米盖》（A mi hermano Miguel）。这首诗生动地通过捉迷藏的比喻呈示出主题：哥哥藏起来了，永远找不到了。结束的诗行隐含悲剧性的反讽，因为我们知道米盖永远不会再跑出来了：

  啊哥哥，不要让大家等得太久，
  快出来啊，好吗？妈妈说不定在担心了。

《黑色的使者》是一本不稳定的诗集，在新与旧之间摆荡；充满宗教气氛,时而哀伤,时而急躁、激愤。标题诗《黑色的使者》里的说话者反复地说"我不知道"，因为巴列霍仍旧在为他的苦痛找寻恰当的语言。

2.《Trilce》77首

《Trilce》的确是一本令人困惑的诗集。它出版的时间（1922）与乔伊斯的《尤利西斯》（*Ulysses*）相当，但却要比它来得更深邃，因为巴列霍比乔伊斯更饱受磨难，更历经波折（企图自杀，失去经济支柱，入狱……）。在与其他诗人乃至于读者隔绝的那些狱中的日子里，巴列霍全然自由地进行语言的实验，因而得以超越其他西班牙语诗人所划下的界限。疏离感让他形塑出他自己的形而上学，他创造了许多新词——标题"Trilce"这个词即是一例！这个词究竟由什么字词铸组而成，众说纷纭，但略识巴列霍诗作主题与形式的读者们应该都同意，起码可以从Trilce这个词看到triste（悲哀）、tres（三）、dulce（甜美）这三个词的身影。在《Trilce》这本诗集里，巴列霍打破传统的造句法与排印方式，捣碎了西班牙语修辞法的成规。而早先出现在《黑色的使者》一书里的辩证式与戏剧性的表现手法也在这本诗集有了更进一步的发挥，让诗成为一种演出或一个事件。和其他许多前卫主义者不同的是，巴列霍并不愿意只为实验而实验。对他而言，只有源自诗人自身充沛而真挚的脉动的实验才是有意义的。他斥责那些企图借新技巧掩饰空洞内容的拉丁美洲前卫诗人：

现今一代的美洲诗人与他们所反对、否定的
前几代诗人一样地语言浮夸而缺乏诚实的心灵。

《Trilce》里的诗都是发自灼热的情感与真切的苦恼，正因如此，巴列霍才能开创出不凡的语汇与技巧！

《Trilce》是"家之歌"情调的大延伸。性行为把人带进这个世界。在家中，人与父母兄弟处于共有共享的和谐状态，但时间却威胁着这个乐园。他或者他的家人，总有一方得离开。而一旦进入"无用的成人期"，他便会发觉自己孤单无助地活在一个无意义的世界：

欢乐吧，孤儿——到任何
街角的杂货店饮一杯水吧。

（《Trilce》第71首）

爱——兄弟之爱、母爱，而非性爱——是唯一的结合动力。它丰富了童年。母亲从烤箱里源源不断取出的饼干即是这种爱的象征：

> 装着我那些饼干的通红的烤箱
> 幼儿们无数的纯净的蛋黄，妈妈。

但在成人生活里，我们得为此付出代价；我们得支付：

> 你离我们而去的这世界的租金
> 以及为无止尽的面包所付的费用。

为什么呢？对巴列霍而言，这正是生命奥秘之所在——人一旦存在于世，即必须以受苦为代价：

> 他们要我们为其付费，然而当我们
> 年幼时，你知道的，
> 我们不可能从任何人身上
> 夺得它；是你把它给了我们，
> 不是吗，妈妈？

人感到有罪，因为某样他从前拥有的东西被攫走了。他步入"无用的成人期"，感觉好像永远必须为曾经做错的某件事受罚，也许只因为他曾经是小孩，曾经懂得如何去爱以及如何与别人和谐共处。在《Trilce》第74首里，巴列霍如是将这种情况比喻成一个与同侪好友脱离了的孩童：

> 在两个黑暗的边缘之间并且分离
> 因为我们曾是孩童,并且因为在生命里
> 我们一度非常亲密地在一起,
> 他们遂将我们分锁在孤寂里过活。

> 要你举止检点。

那座曾让他写出许多诗的监狱演化为成人生活的象征,在那里,爱是匮乏的。《Trilce》第18首是非常精彩的例子:小囚室的四面墙无论如何计数,加起来都是同样的数字4;被关在里面的诗人企望他的爱人能救他离开这"神经的繁殖地,邪恶的裂口",但他的救星却听不到他的呐喊,他因此只能:

> ……孤单地留在这儿,
> 右手高高地搜寻着
> 第三只手,来
> 护养,在我的何处与何时之间,
> 这无用的成人期。

在此处,我们隐约察觉到巴列霍对数字与它们的属性抱持着某种近乎神秘的观照;这种敏感甚至延伸到骰子、纸牌以及星期的名称上。他对数字3的特别感情,以及对慈爱的三位一体(trinidad)的渴望可以从书名"Trilce"略窥一二。他企求第三只手来护养他,因为3的组合对他是最安全、幸福的。跟他的母亲("失去的圣母")或爱人(能够"把所有的混乱弄蓝并且烫平"的欧蒂莉亚)在一起时,他是2,这也能使他觉得安适。但这种2的组合每每很快即成过去:了解他的母亲死了,而对于那位在1919年他们分手前能以她"欧蒂莉亚的血脉"(《Trilce》第6首)使一切妥善的欧蒂莉亚,诗人也只能遥遥回想。尤有甚者,此种2的和谐令他厌腻("拒绝忠实的对称",他在第36首里如是宣称),而且他再也无法找回基督教信仰一度给予他的希望。单独"1"人时,他是一个宛如阴茎般赤裸直立的整数。只有在极罕见的血气充沛的时刻他才能真正享受充实之感(如第36首诗末:"为这新的男性数字让路吧／孤单然而强大!");大多数时候,他必须苦苦觅爱以解孤寂之苦。"爱;这正是我缺乏的框架。"少了它,生命成了一片灰色的平原,历史与事件变得枯燥,时间也只是无意义的连续:

> 哦,万物死睡,不见巍峨高顶的山谷,可怕的半调色,没有清凉的溪流也没有爱的洞穴。哦在一根被拉得长长、指向光秃单一的手指上急奔而过的声音与城市啊。而始终,在那三个缓慢的空间后面属于一根巨大、聪明的肋骨的工人们走动着。
>
> 今天　　　明天　　　昨天
>
> (不,人!)。

这首诗（《Trilce》第64首）最后一行"（不，人！）"是诗人对过去、现在与未来构成的三个铁的空间所做的绝望的抗议。

对巴列霍而言，时间是无比复杂的，它永无休止地将我们逼向死亡，或者让我们误以为能藉记忆再次捕捉过往。他诗里对日期反讽性的使用——"十一月二日敲响了""那是七月十四日""六月你是我们的""在一九二一年"——往往暗示着生存是不能以日期标出的。在《Trilce》第27首此一出色的作品里，他以具象的方式表达对人类性格的抽象思辨：

> 这溪流叫我惊慌，
> 好心的记忆，强悍的主，执拗无情
> 冷酷的甜美。它令我惊慌。
> 这让我感觉舒适的房子，它是舒适的
> 对于那不知道何处可以栖身的。
>
> 我们不要走进去吧。我害怕这份礼物，
> 在几分钟内回头跨过破毁的桥梁。
> 我不想走下去，亲爱的主，
> 勇敢的记忆，悲伤的
> 吟唱的骨骼。
>
> 这被蛊惑的房子装着什么奇怪的东西。
> 他们给我许多水银的死，而我

> 用铅焊接我所俘获的
> 干枯的现实。
>
> 那不知道我们走得有多快的溪流
> 叫我们害怕,惊慌。
> 勇敢的记忆啊,我不想走下去。
> 苍白而悲伤的骨骸,哨声,哨声。

在此诗中,记忆使诗人充满恐惧。他拒绝步入那会将他带回"破毁的桥梁"的时间溪流,他辩称他非常满意他的现况。过去像一具唱着歌或吹着口哨的骨骸,呼唤他回去,只为让他了解过去的一切都已真正死去。然而现实却是"被蛊惑的",眼前的他同样随着每一时刻的消逝承受死亡的苦痛。巴列霍的高明之处在于:当其他诗人可能对记忆或时间的消逝发出抽象的喟叹时,他却将之转化为充满戏剧张力的情境。在这样的情境里,诗人和读者即刻被牵连在一起:诗人是演员,读者是欲助而不能的旁观者。

抽象思维或概括法则与巴列霍整体的人生态度是格格不入的。对他而言,人类的理性有其局限,因为它虽然教我们计算、测量、为现象命名,但现象的真正本质是它无法掌控的。一如对日期的使用,巴列霍也以反讽手法处理许多科学性的字眼,譬如"双子叶植物""渗透分析""乳腺"。这些在科学上或许实用的术语,对理解人类的存在经验却无所帮助。理性为我们显示的只是事物的外貌。因此当诗人在"理性的星期一"省察自己的时候,他所发现的只不过是挂在衣橱里的一堆空洞的衣服:

在我们着装的侧厢里，
没有，什么人也没有：只有
　　　　　敞开的门。
以及总是从仿如怪诞、引路的
食指般的挂钩上
自动滑落的衣服，
没有躯体，空空地动身
　　　　　直抵那一大锅
加了各种理由的翅膀与油炸的界线
调配有度的幽微色泽里。
且深入骨头！

这首诗（《Trilce》第49首）对自我存在的绝对主体性是存疑的，诗人在衣橱里所找到的只是一堆在凌乱中朽烂的衣服。

巴列霍于1923年到达巴黎。20世纪20年代是各种诗潮汇流、创作力旺盛的年代，但巴列霍的诗却未与任何诗歌运动有所关联，初抵巴黎时的他不曾随那些新诗人的高调起舞，他认为只有新的感性才能产生新的诗歌。他说：

"新诗"一词在如今所代表的乃是那些夹杂"电影、马达、马力、飞机、收音机、爵士乐队、无线电报"等等字眼的诗歌；或者概括地说，包含了当代所有科学与工业的词汇，不管它们是否与真正的新感性有关。"字词"是唯一重要的了。但我们要知道，这些既不是新的诗，也不是旧的诗——它们什么都不是。现代生活所提供的材料必须被心灵同化并且融入新的感性。举例来说，无线电报并非只是让我们说出"无线电报"这个词而已，它其实是要在我们身上唤醒新的强度，让感情变得更机敏，以开拓我们的想象力与理解力，使我们对爱的感觉变得更具体：我们的神经密度增加且更为敏锐，生命的气息也更鲜活有力。这才是人类进步过程中真正的文化果实，这才是它唯一的美学意义。

巴列霍诗里"戏剧性"的表现手法，乃至于对科学词汇或口语的运用，跟这种创作态度是息息相关的。即使在实验诗的排印效果时也是一样，虽然乍看之下我们也许会以为那只是前卫主义游戏的一部分。因此在《Trilce》第2首《时间时间》（Tiempo tiempo）里，他告诉我们时间让名词变得荒谬，因为名词仿佛无视时间的存在而存在。他问了一个没有适当答案的问题："那令我们汗毛耸立的一切叫作什么呢？"面对这个矛盾而无法回答的问题他用了一个名字回答——"它叫作饱受名字名字名字之苦的那相同之物"（Se llama Lomismo que padece nombre nombre nombrE）。通常用来表示专有名词的大写字母被巴列霍置于其新创的一词 Lomismo（lo mismo 两词的结合："那相同之物"）的开头，以及 nombrE（名字）的末尾，暗示我们：名字与它们所指陈的经验意义实际并不应合！同样地，巴列霍有时候故意把字词的间距拉开，也是因为此类视觉效果确实有助于全诗的表现；例如第 15 首的最末：

> 两扇在风中来来去去的门
> 阴影　　对　　　阴影。

在这里，他用门的开启暗示性行为；阴影两字的排列正加强了"来来去去"的动感。在《Trilce》这本诗集里，巴列霍试图将西班牙语带到全新的传达领域，可惜他的独创性一直到他死后才受人赏识。

3.《人类的诗》

巴列霍的诗集《人类的诗》以及《西班牙，求你叫这杯离开我》是在他死后才出版的。在写这些诗时，巴列霍已知道西班牙共和军的理想注定要破灭。在《人类的诗》一书中，巴列霍将早期即已清楚表露的宗教情感与他此时对共产主义、对公正世界的信念糅合在一起；排字的技巧在此书里较为少见，将冲突戏剧化的表现手法依然沿用。整本诗集呈现出一种末日与预言的色调。诗人在许多诗篇（譬如这首《最后，那持续的好闻的香味不见了》[Por último, sin ese buen aroma sucesivo]）里似乎已具体地触及死亡的课题：

> 啊，感觉如何竟皱成这个样子！
> 啊，一个僵固的意念如何已走进我的指甲！

但另有一新的元素，巴列霍如今已不再谈论一个泛泛的"无用的成人期"，而是指向一个特定的情境。经济不景气的阴影笼罩整个欧洲，街上满是失业者，工业社会突然陷入泥淖，令千万人受苦：

> 可憎的制度，假天空之名以及支气管和破产之名的气候，
> 致贫所需付出的巨大的款额……

"气候"在此诗中暗示经济危机的不安景气，而诗人所企求的是稳定与永恒的"天空"。在这些诗里，饥饿与苦难如影随形，并且每况愈下，使人类无力应付。在《九只怪物》（Los nueve monstruos）一诗里，人类因无法控制自己所创造的世界而让邪恶自行滋长：

> 邪恶不知道什么原因滋长蔓延着，
> 它是一场洪水，带着自己的液体、
> 自己的泥土、自己坚固的云！

在这首诗里，世界真的上下颠倒了，大自然不再发挥功能，剩下的只是与日俱增的苦难和痛楚。而该受责备的不仅是制度。《人类的诗》嘲讽地批判人类的挫败、虚华不实的计策，以及无法从物欲解脱的可悲奴性。在《因成为其躯体而痛苦的灵魂》（El alma que sufrió de ser su cuerpo）一诗里，人类且哭且喝，一边流血一边吃东西，因为他无论遭受何种身心之苦，他肉体的欲求仍需要被满足。人只是一

只不幸的猴子,"达尔文的男孩","被你们无餍的自由所俘虏,被你们自主的海格力斯所驱使"。而这种求生的奋斗——显见于工业社会以及"以被拥戴着的狼群打造成"的城市——反而将人类推向饥饿、失业,以及对贫富不均的城市生活的恐惧:

> 失业者看着它来来去去,
> 纪念碑似的,他的绝食藏在凹洼的头里,
> 他最洁净的虱子在胸间,
> 而在那底下
> 是他骨盘(静待于两项伟大的
> 决定之间)发出的细小声音,
> 而在那底下,
> 在更底下的地方,
> 是一张小纸,一根铁钉,一根火柴……
> (《停滞于一颗石头上》[Parado en una pie piedra])

在"纪念碑似的"城市的阴影底下,失业的人茫然坐着,饥饿、肮脏,在生与死"两项伟大的决定之间"寻求平衡。在他的脚下是文明的碎片——纸、铁钉、火柴——这些正是如今已然停顿的工业所留下来的纪念品。

在这种情况下,人的生命渺小得微不足道。在《饥饿者的刑轮》(La rueda del hambriento)一诗里,诗人将自己与那些饥饿者认同为一。但如同在《Trilce》一书中,巴列霍在这里所感受到的饥饿不只是肉体上的,同时也是对生命意义、对认同的渴求。在这首诗里,他激动地要求"某

样终于可以喝，可以吃，可以活，可以休息的东西"，但无任何人给予承诺。他如是悲戚地作结：

> 我发现到一个陌生的形体，我的衬衫
> 褴褛而邋遢，
> 我什么也没有了，真可怕哪。

在某些诗里，巴列霍以苦涩的幽默处理这种找不到任何理由继续存活的不幸事实。譬如在《事实是，我穿上我裤子的地方》（Ello es que el lugar donde me pongo）一诗里：

> 在经过了
> 十五年；在那之后，十五年，在那之前，也十五年，
> 你感觉到，事情，真的很可笑；
> 那却也是必然的，你能够怎么样呢！
> 你如何能够遏止那变得更坏的事情，
> 除了活下去，除了想办法
> 活在那数以百万计的
> 面包当中，在数以千计的酒瓶，数以千计的嘴巴，
> 在太阳以及它的光亮——月亮
> 以及在弥撒，面包，酒与圣灵当中。

诗人只是几百万人当中的一个。基督教的弥撒、圣饼、圣酒曾经赐予人们生命的意义，而今人们只能屈身于无足轻重的角落。往昔天主教信仰赋予人类的尊严已不复存在，巴列霍在某些诗里对此明显地流露出怀旧的伤感。"今天是星

期日,"巴列霍写着,"我脑中生出想法,心中不禁悲泣。"
相对地,如果是在星期一:

> ……我心中会生出想法,
> 脑中,不禁悲泣,
> 而喉咙里,有一种可怕的冲动想淹没
> 我此际的感受,
> 一个如我一样,多方受苦之人的感受。

如果星期日象征失去的信仰,星期一则让他意识到现代人所生存的灰色、悲苦世界。在这个世界里,理性变得无能而智力在悲泣。

对逐渐逼近的死亡的察觉为巴列霍的诗添加了一种急迫感。在著名的《白石上的黑石》(Piedra negra sobre una piedra blanca)一诗里,巴列霍真切地预见了自己的晚景:

> 我将在豪雨中的巴黎死去,
> 那一天早已经走进我的记忆。
> 我将在巴黎死去——而我并不恐惧——
> 在某个跟今天一样的秋天的星期四。
>
> 一定是星期四,因为今天(星期四)当我提笔
> 写这些诗的时候,我的手肘不安得
> 厉害,而从来从来,我不曾
> 感觉到像今天这样的寂寞。

塞萨尔·巴列霍他死了,每一个人都狠狠地
捶他,虽然他什么也没做。
他们用棍子重重地揍他,重重地

用绳索;他的证人有
星期四,手肘骨
寂寞,雨,还有路……

"白石上放置黑石"是坟墓、死亡的标记。巴列霍在这首诗中说"我将在豪雨中的巴黎死去",且罕见地直呼自己的名字宣告死讯("塞萨尔·巴列霍他死了"),数年后(论者对此诗的写作日期意见分歧,或谓在 1926 年秋天,或谓在 1936 年 10 月)——1938 年的 4 月 15 日(春天的星期五!),他果真在巴黎死去!此诗中,雨和下午的意象,乃至于整个哀伤的情调,都是巴列霍诗里常见的。值得一提的是巴列霍对时间的运用:巴列霍巧妙地融合过去、现在、未来,将深印在脑海里但尚未实现的死亡念头,说成仿佛已经发生过,足见他是多么渴望经由死亡来解除他长期的悲惨。这种悲惨的生活即是他在《巴黎,一九三六年十月》(París, Octubre 1936)一诗里反讽地告别的"伟大的境况":

在这一切当中我是唯一离去的,
从这张椅子我离去,从我的裤子,
从我伟大的境况,从我的行动,
从我裂成了好几部分的号码,
从这一切当中我是唯一离去的。

从香榭丽舍大道,或者在穿过
月亮奇异的偏僻小巷后,
我的死亡离去,跟着我的摇篮离去,
且被包围于人群中,孤独,隔绝,
我的人类相似品旋转着,
将其影子一个个杀死。

而我从每一样东西离去,因为每一样东西
都被当作不在犯罪现场证明而留下;
我的鞋子,鞋孔,还有它的泥巴,
甚至扣着纽扣的我的
衬衫它肘部的衬里。

香榭丽舍大道,"月亮奇异的偏僻小巷",他的鞋子、衬衫,都具有一种他自身所欠缺的恒久性。在这些真实物体的对照之下,他只是由一些抽象的东西——他的"境况""行动""号码""影子"——所构成的脆弱组合。巴列霍在这本诗集里如是将人类可以认同的寄托全数抽离。生命已无意义,除了死亡所赋予的。"总之,"巴列霍宣称,"我只能用我的死亡来表达我的生命。"

《人类的诗》对生命做了比《Trilce》一书还要悲观的呈示。在《Trilce》里,他领悟到成人的苦难;而在《人类的诗》里,死亡已然蹲踞在他身上,让他了解到生命原来什么东西也没有。

4.《西班牙,求你叫这杯离开我》

《西班牙,求你叫这杯离开我》一书共 15 首诗。这本诗集的写作时间与《人类的诗》相当,但语调却较富希望与预言性,虽然巴列霍因未能更积极参与西班牙战事而深感愧疚。诗集的标题来自《新约·马太福音》26 章 39 节,基督在客西马尼的花园所说的话:"我父啊,倘若可行,求你叫这杯离开我。"——"叫这杯离开我"比喻希望避免即将到来的苦难。整本诗集最重要的主题依然是死亡,比诸《人类的诗》一书里因饥饿而死的工人们,此处的死亡也许更深刻、严肃些,但依然是死亡——以第 11 首《我注视着尸体……》(Miré el cadáver...)为例:

> 我注视着尸体,注视着它迅速的清楚的状态
> 以及灵魂非常迟缓的混乱;
> 我看见他还活着;在他的嘴里是
> 两张嘴巴混杂的年岁。
> 他们叫着他的号码——碎片。
> 他们叫着他的爱:那更好!
> 他们叫着他的子弹:同样死掉!
>
> 而他的消化系统仍然完好无损,
> 他混乱的灵魂徒然地留在后边。
> 他们离开他,并且听着,而就是在那个时候
> 在一瞬间
> 那尸体几乎秘密地复活了:

> 但是他们听他的脑袋,而——日期!
> 他们在他的耳边哭泣——更多日期!

战士的身体器官显然依然完好,但是灵魂却陷入了"混乱"。他的身份,他的"号码"丢失了,而当他们自精神上检视他的时候,他们找到的只是一些日期!此诗虽属战争诗,但我们仍可在其中发现自《黑色的使者》一书以来始终萦绕巴列霍心头的某些意念,人类存在的意义与价值依然是他在这些内战诗中所深深关切的。

在第9首《给一位共和军英雄的小祈祷文》(Pequeño responso a un héroe de la República)里,巴列霍藉一连串的意象来叙述英雄的葬礼:

> 一本书长留在他死去的腰际,
> 一本书自他死去的身体萌芽。
> 他们带走了英雄,
> 而他有血有肉而不幸的嘴巴进入我们的呼吸;
> ……

内战的英雄死了,但他的道德勇气就像他身上带着的书一样,将继续活在世间,他的死渗透进了"我们的呼吸",让活着的人因他而结合在一起。这种企求全人类团结的理想,在第12首诗《群体》(Masa)里表现得更为清楚:

> 战事完毕,
> 战斗者死去,一个人走向前

对他说:"不要死啊,我这么爱你!"
但死去的身体,唉,仍然死去。

另外两个人走过去,他们也说:
"不要离开我们!勇敢活过来啊!"
但死去的身体,唉,仍然死去。

二十个、一百个、一千个、五十万个人跑到他身旁,
大叫:"这么多的爱,而没有半点法子对付死!"
但死去的身体,唉,仍然死去。

成百万的人围绕在他的身边,
众口一词地请求:"留在这儿啊,兄弟!"
但死去的身体,唉,仍然死去。

然后全世界的人
都围绕在他的身边,悲伤的尸体感动地看着他们:
他缓缓起身,
拥抱过第一个人;开始走动……

战斗者死去的身体聚合了全世界的爱,而这起死回生、能叫尸体"走动"的爱也同样将振聋发聩,唤醒人类齐心为创造更美好、公平的社会而努力。

在《西班牙,求你叫这杯离开我》一书第 1 首,也是他最长、最具企图心的诗《给共和国志愿军的赞歌》(Himno a los voluntarios de la República)里,巴列霍如是唱着:

互相拥抱着的哑者将说话，而跛者将行走！
　走回来的盲者如今将看见，
　而颤抖的聋者将听到！
　无知者将变得聪慧，聪慧者变得无知！
　无法给予的亲吻将被给予！
　只有死亡会死去！蚂蚁
　将为被自身巨大的精致所困锁的
　大象带来面包屑；流产的孩子
　将重新完好、占有其位地诞生，
　而所有的人将工作，
　所有的人将生殖，
　所有的人将谅解！

　　巴列霍的诗可说是非常的复杂，从上面有限的讨论和诗例里，我们或可稍窥他创新技巧以适应"新现代诗"需要的一些苦心；他将语言解体、重组，以求暴露原本隐藏的经验的神经；他记录、鉴照了他个人以及整个时代的恐惧、孤寂、希望、挫败与理想。巴列霍并不是理智型的诗人，对他而言，每一首诗都是以苦难为发条，充满"奇异而必然的真理"的果实。

*

　　这本"巴列霍中译诗选"成形的时间跨越四十年。我们在 1978 至 1979 年间开始读、译巴列霍诗作。80 年代初，我们发表了二十余首译作，后收录于我们 1989 年出版的《拉丁美洲现代诗选》里，颇得朋友们的肯定、鼓励。也要感谢他们的催促，我们得以重启动力，新翻了更多诗作并趁机修改旧译，完成了这本不算巨大（一百首译诗！）但对我们意义重大的巴列霍诗选。因为巴列霍不只是我们译诗生涯最早致力的诗人之一，而且还是拉丁美洲现代诗人中我们的最爱。前几年我们翻译、出版了一本《当代美国诗双璧：罗伯特·哈斯／布兰达·希尔曼诗选》，记得曾和可爱的"美国桂冠诗人"哈斯与希尔曼伉俪闲聊拉丁美洲诗，谈到拉丁美洲现代诗三杰——巴列霍、聂鲁达、帕斯，大家提议说说这三人中谁是各自的最爱，答案居然都是巴列霍！但愿读者们在看了这本诗选后，也会和我们一样，甘心为这位独特、秀异的拉丁美洲诗人按赞！

陈黎　张芬龄
2020 年 10 月　台湾花莲

黑色的使者

(1918)

译注:"匈人王",指阿提拉(西班牙语Atila、英语Atilla,406—435),古代欧亚大陆匈人最为人熟知的领袖,史学家称之为"上帝之鞭",多次率领大军入侵东罗马帝国及西罗马帝国,构成极大威胁。

黑色的使者

生命里有这样重的敲击……我不知道！
像神的憎恨的敲击；仿佛因它们的压力
所有苦难的淤泥都
积存在你的灵魂里……我不知道！

它们不多，但的确存在……它们在最冷酷的
脸上凿出黑暗的沟渠，在最坚硬的背上。
它们许就是野蛮的匈人王的小雄马；
或者死神派来的黑色的使者。

它们是你灵魂基督们深深的泻槽，
遭命运亵渎的某个可爱的信仰。
那些血腥的敲击是出炉时烫伤我们的
面包的爆裂声。

而人……可怜的人啊！他转动着他的眼睛
当一个巴掌拍在肩膀上召唤我们；
他转动着他疯狂的眼睛，而所有活过的东西
像一泓有罪的池水积存在他目光中。

生命里有这样重的敲击……我不知道！

圣落叶

月亮!巨头之上的冠冕,
持续在金黄的阴影中落叶!
思索着绿宝石悲剧性甜意的
一个耶稣,他头上的红冠冕。

月亮!发狂的天心——
你为什么在蓝葡萄酒满注的
高脚杯里如是划向西,
拖着败北而忧伤的船尾?

月亮!企图飞驰而无功,你
引发了一场蛋白石四散的燔祭:
你也许是我吉卜赛人般的心,
游荡于蓝色当中,滴下一行行诗!……

译注:中译标题"圣落叶",即"神圣的叶落"(Deshojación sagrada)——圣洁的月光之叶落向大地。蛋白石(ópalo),一种以耀眼的颜色反射光线的半宝石,其色彩光泽随视者观看的角度而变化,英文名 opal,源于拉丁文 opalus、希腊语 opallios,其原始源头可能系梵文 upala,意为"宝石"。

冰 帆

我每日来此看你经过,
始终远在天边的着了迷的小汽船……
你的双眼是两名金发的船长;
你的唇是一条极短的红
手帕,挥动着血色的道别!

我来此看你经过;直到有一天,
沉醉于时间以及残酷,
始终远在天边的着了迷的小汽船啊,
黄昏星终要离去!

帆缆;背叛的风;从一名经过的
女子那儿吹来的风!
你冷漠无情的船长们将下达指令;
而黯然离去的那人将会是我……

译注:诗中第二节的"黄昏星"指金星,太阳西沉后出现于西方天空的星星,俗名晚星、黄昏星(黎明时出现东方,称为晨星、启明星),其天文学名为 Venus(维纳斯,爱神阿佛洛狄忒的罗马名),是爱情的象征。

暗 光

我梦见我外出神游。我梦见
你卧室里的花边织物。
沿着码头,有一位母亲;
露出乳房将她的十五年喂给一小时。

我梦见我外出神游。一声"永远永远"
在步向船头的梯上叹息着说出;
我梦见一位母亲;
一些鲜绿的嫩枝,
以及镶满曙光的嫁妆。

沿着码头……
沿着一个淹没的脖子!

译注:此诗西班牙语标题为"Medialuz",直译为"半光",半明半暗之意。诗中第一行的"外出神游",西班牙语原文为"fuga",有"逃亡",以及心理学、医学所说"浮客症""神游""自动外出漫游症"之意。

离 去

离去!在我不远千里
仿如追随无可逃避之光
前往奥秘之境的那个早晨,
你的双脚将滑进墓地。

离去!在我仿如哀戚之鸟
前往阴影之海与沉默帝国的
海岸的那个早晨,
白色万神殿将是你的牢笼。

黑夜终将君降你的双眼;
你将饱受磨难,而后领取
忏悔者撕心裂肺的纯白。

离去!当你自己在铜钟哀鸣
声中受苦受难之时,悔恨
也将像一群猎狗般穿梭其间!

蜘 蛛

那是一只巨大的蜘蛛,如今不能动;
一只苍白的蜘蛛,它的身体——
它的头和肚子——流着血。

今天我仔细注视着它。它竭尽全力
向四方
伸展它无数只的脚。
而我想到了它看不见的眼睛,
一只蜘蛛生死攸关的导航器。

那是一只蜘蛛,颤抖着困在
一块岩石锋利的边缘;
一边是肚子,
另一边是头。

这可怜的东西有这么多只脚,却仍然无法
脱身!而看着它
陷入困境动弹不得,
今天我为这个旅行者大感悲痛!

那是一只巨大的蜘蛛,它的肚子不能
跟随它的头。
而我想到了它的眼睛,
它无数只的脚:
而我为这个旅行者大感悲痛!

巴别塔

无特殊风格的甜蜜的家,以一击
敲建成,以一块
向日葵蜡。而在家里
她毁坏东西又修复它们;不时地说:
"这收容所很棒,无须再另觅处所了!"
而有时,她又突然哭起来!

狭窄的剧院包厢

靠近些,靠近些。我感觉好极了。
雨正下着;那可是残酷的限制。
移动,移动脚步吧。

还要多久那些伴装成灌木丛的手
才会将布幕拉起?
看到了吗?其他人,多舒适,多像雕像啊。
靠近些,靠近些!

雨正下着。今天稍晚将有另一艘船
满载绉绸经过;
像是一颗畸形的黑色乳头
从带翼的狮身女怪的幻影被扯下。

靠近些,靠近些!你就在边缘,
船可能将你席卷到海上。
啊,静止的、作为象征用的布幕……
我的掌声是一场黑玫瑰的盛宴:
你可以坐我的位子!

在我退让所引发的巨响中

一条无尽的线将淌血。

我不该感觉如此良好;

移动,移动脚步吧!

译注:诗中第三节的"带翼的狮身女怪"即"斯芬克斯"(西班牙语 Esfinge,英语 Sphinx),希腊神话中传说常叫过路行人猜谜,猜不出即将之噬食的女怪。此诗颇晦涩、难解,较少被评论者提到,但巴列霍自己颇珍爱之,似乎藉"世界如剧场"之喻,呈现一被困住的空间、时间。巴列霍第一本诗集《黑色的使者》里,不断出现让诗人觉得受困或伤忧的雨的意象。

诗人致其恋人

亲爱的,今夜你被我的吻两根
弯曲的原木钉在十字架上;
你的难过告诉我耶稣曾哭过,
有个圣周五比那个吻更甜美。

在你如是看着我的这个明亮夜晚,
死神开心地在骨子里歌唱。
在这九月的夜晚,我的二度堕落
和最人性的吻已进行如仪。

亲爱的,我俩将一同死去,紧紧相依;
我们崇高的痛苦将慢慢干枯停止;
我们死去的唇将在黑暗中相触。

你神圣的眼里不会再有责备之意;
我也不会再冒犯你。在同一座
坟里,我俩共眠,如一对小兄妹。

译注:圣周五,又称黑色星期五、沉默周五、耶稣受难节、

耶稣受难日、救主受难日，基督教的宗教节日，用以纪念耶稣基督被钉死受难的纪念日。为圣周中的星期五，是复活节之前的星期五。

九 月

你对我是那么的好,
在九月那夜……好到令我心痛!
其余我一无所悉;其实
你不该对我那么好,不该如此。

那夜你啜泣了,当你发现我
与世隔绝又专横,生病又悲伤。
其余我一无所悉……其实
我不知我为何悲伤……如此悲伤……!

唯独在那个甜美的九月夜晚,
我在你那抹大拉玛丽亚的眼里拥有
上帝般崇高的距离……而你深觉我温柔!

同样地,在一个九月的黄昏
我命定地在你的余火里播撒下
这十二月夜晚的泥坑。

译注：抹大拉玛丽亚（西班牙语：María Magdalena）是《圣经·新约》中所述被耶稣治好病、驱走她身上恶魔的一位妇女，她奉献自己的财物给耶稣和其门徒，随耶稣至各城乡传道。耶稣受审时，门徒都逃离而去，唯她随耶稣到十字架下，看其受苦，断气，埋葬。后又成为第一个见证耶稣复活的人。

残 酒

这个下午雨异乎寻常地下着,而我
不愿意活着,心啊。

这是一个温和的下午。不是吗?
被恩典与忧伤所装扮着,装扮如女人。

这个下午雨在利马下着,而我记得
我的不义残酷的洞窟;
我的冰块重压着她的罂粟,
比她的"你不能那样!"还要粗暴!

我猛烈、黑色的花;野蛮且
巨大的石击;在我们之间冰河般的距离。
她退得远远的缄默将用燃烧的油
写下最后的句号。

那就是为什么这个下午,异乎寻常地,我
忍受着这只猫头鹰,忍受着我的这颗心。

别的女人走过我的身旁,看到我这么悲伤,
好心地拿走一些些你
从我内心深忧歪皱的犁沟。

这个下午雨下着,下得这么大;而我
不愿意活着,心啊!

黑色之杯

夜是邪恶之杯。警卫尖锐的
哨声穿刺过,像一根颤抖的针。
听着,你这荡妇,何以你既已离去
而黑波依然闪动,依然让我心急如焚?

地球在黑暗中长出棺材的边缘。
听着,你这荡妇,不要回来。

我的肉体漂啊漂
在依然让我疼痛的黑暗的杯中;
我的肉体漂浮其中
像漂浮于一个女人沼泽般的心中。

星界的火炭……我感受到
黏土干硬的磨擦
一次次向着我透明的莲花。
啊,女人!由本能构成的
这肉体因你而存在。啊,女人!

那是何以,啊,黑色的酒杯!即便你已离去
余灰依然让我室闷,
而我的肉体被更多一饮的欲望所搔扒!

逝去的牧歌

此刻她会在做什么呢,我那灯心草和灯笼果般温柔的
安第斯山姑娘丽达,
当拜占庭令我窒息,而我体内的
血液打着盹,像淡淡的白兰地?

此刻,她的手会在哪儿呢,那以悔恨之姿
在午后熨烫眼前尚未到来之白的双手,
当夺走我生之欲的这场雨
正下着?

她那件法兰绒裙子怎么样了?还有她
劳苦的工作;她走路的姿态;
她尝的当地五月甘蔗的滋味?

此刻她一定正在门口看着云,
最后她会颤抖地说:"天啊……好冷!"
而屋瓦上会有一只野鸟悲鸣。

同志爱

今天没有人来问我问题;
今天下午,没有人来向我问任何东西。

我一朵坟头的花也没看到,
在这样快乐的光的行列里。
原谅我,上帝:我死得多么少啊。

今天下午,每一个,每一个走过的人
都不曾停下来问我任何东西。

而我不知道他们忘记了什么东西
错误地留在我的手里,像什么陌生的东西。

我跑到门外,
对他们大叫:
如果你们掉了什么东西,在这里啊!

因为在今生所有的下午里,
我不知道他们当着我的面把什么门砰一声关上,

而某个陌生的东西抓着我的灵魂。

今天没有人走过来：
而在今天，今天下午，我死得多么少啊。

白玫瑰

感觉不错。坚忍的
冰在我体内
闪耀。
我身体里那条吱嘎
作响的
红宝石色绳索让我发笑。

无尽头的绳子,
仿佛一个
源自
邪
恶的
螺旋……
一条左撇子的血绳,
由一千支
戳入的匕首构成。

所以放手吧,把它卷曲的
绉纱编成辫子,

好将那只因恐惧而发抖的
猫绑在结冰的窝，
绑在最终的壁炉。

而今我一切静好，
与光同在。
在我的太平洋上喵喵叫：
一具遭遇海难的棺木。

我们的面包
——给阿雷雅卓·甘波

喝下了早餐……墓园潮湿的
泥土散发出亲爱的血的味道。
冬日之城……一辆仿佛拖着
一种戴着镣铐的饥饿感的
马车尖锐刺人的圣战!

我想要敲叩每一扇门,
求见某一个人;然后
探望那些穷人,默默啜泣,
分给每个人一点新鲜的面包。
而后夺走富人们的葡萄园,
用随一道闪光,挣脱钉子,
自十字架飞离的神圣双手!

早晨的睫毛,不要扬起!
我们日用的面包,今日赐给我们,
主啊……!

我身上所有的骨头都是别人的,

也许是我偷来的!
我将原本该是另一人的
据为己有;
我想我若未出生,
另一个穷人就可以喝这杯咖啡了!
我是个坏小偷……会有什么下场?

在寒冷的此刻,在地上发出
人间的尘土味且如此悲凉时,
我想敲叩每一扇门,
乞求某一个人的宽恕,
并且在这里,在我心的烤箱,
为他做一点新鲜的面包……!

禁忌的爱

你自嘴唇和黑眼窝闪闪升起!
我自你的静脉升起,像一条受伤的狗
寻找柔软的人行道容身。

爱情啊,你是人间之罪!
我的吻是魔鬼头角上闪亮的
尖梢;我的吻是神圣的教义!

灵魂是会移动的凝视面
　　　——遭亵渎依然纯洁!
是生出大脑的心脏!——
透过我忧伤的泥躯移向你的灵魂。
　　　是柏拉图式的雄蕊,
生存于你灵魂所在的花萼中!

一些不祥、忏悔的沉默?
你可曾碰巧听过他的声音?纯真之花!
……而知在没有主祷文的地方,
爱情就是犯罪的基督!

悲惨的晚餐

我们要等多久才能得到那些
不是该给我们的东西……在哪个角落我们可以
让我们可怜的膝盖长久舒展休息！要多久
那鼓舞我们的十字架才能不让它的桨停摆。

要多久,疑惑才会赠我们荣耀之徽,为了
我们所受之苦……
     我们坐在桌前已
如此之久,难过如一个在午夜因
饥饿而啼哭,无法入眠的小孩……

而要多久我们才能和所有的人同聚,在永恒
早晨的边缘,每个人享用过早餐。
我从未叫人领我进入的这泪水的深渊,究竟
还要存在多久！
    以肘支撑,
以泪洗面,我低头再三,认输,
自叹弗如:这晚餐还要持续多久啊。

有人狂饮后带着醉意，嘲笑我们，
时而靠近，时而离开，像一支盛着
苦味人类本质的黑勺子——坟墓……
                    这深色的家伙
更不知道这晚餐还要持续多久！

石 头

今晨我走向
那些石头,啊那些石头!
我鼓动且铸造了
一场石头们的争斗。

圣母啊,倘若我的脚步
为这世界带来痛苦,
那是因为它们是
荒诞破晓闪现的火光。

石头是无害的;它们
无欲无求。它们只想向
万物索爱,甚至
也向虚无索爱。

如果它们当中有几个
低着头走开,或者
羞愧地离去,那是因为
它们要去干人类干的事……

但,总不免有那种为寻开心
对它们动手动脚的人。
例如,月亮就是被踢飞
上天的一颗白石头。

圣母啊,今晨
我与常春藤蔓为伍,
当我看到蓝色的车队满载
那些石头,
那些石头,
那些石头……

永恒的骰子

——给曼努埃尔·冈萨雷斯·普拉达,
因了这无羁而奇异的情感,
大师他热情地赞美我。

上帝啊,我为我的生命悲悼,
我后悔拿了你的面包,
但这块可怜的思想的泥土
却不是在你腰间发酵的疥癣,
你可没有逃走的玛利亚!

上帝啊,如果你当过人的话,
你今天就会知道该怎么样当上帝;
但你一向无拘无束
毫不在意你造出来的东西。
而人却得忍受你:上帝是他啊!

今天我巫婆般的眼里烛火燃烧,
仿佛死刑犯的两只眼睛——
上帝啊,你将点亮你全部的蜡烛
而我们将一起玩古老的骰子……
也许,啊赌徒,赌一赌
全宇宙的命运,

死神的两个黑眼窝将显现,
仿佛一对凄惨的泥幺点。

上帝啊,这个无声无响的黑暗夜晚,
你再也不能玩了,地球已变成一个
因胡乱转动老早
磨圆的破骰子,
无法停下,除非在洞里,
在无边的坟墓的洞里。

译注:曼努埃尔·冈萨雷斯·普拉达(Manuel González Prada, 1844—1918),秘鲁诗人、批评家、政治家。幺点,即骰子的一点。

疲惫的循环

有欲续的愿望,想爱,想不离开,
也有欲死的愿望:两股没有地峡
隔开,互相搏斗的相反的海流。

有欲得夺命的伟大一吻的愿望,
完成于火一般垂死挣扎之苦的非洲,
自杀性的!

有不想要有愿望……的愿望,啊上帝,
我把我弑神之指指向你:
有不想要有一颗心的愿望。

春天返回,返回而又将离去。而上帝
弯身于时间里,自我重复地,走过又走过,
背上扛着宇宙的脊柱。

当我的太阳穴击响它们哀伤之鼓,
当镌刻于匕首上的我的梦刺伤我,
有让自己永栖于这行诗的愿望!

雨

在利马……在利马一种
致命的痛苦正倾盆倒下
它的秽水。正从你
爱情的裂缝淌落下。

别假装睡着了,
要记得你的行吟诗人;
如今我明白了……明白
你那情有可原的爱的方程式。

狂暴且虚夸的宝石,
你那"是"的魔力
从神秘六孔竖笛发出雷鸣般的声响。

然而,大雨降落,降落
于我行过之路的灵柩,
我在路上为你化为骨头……

爱 情

爱情,你不再回到我死气沉沉的双眼;
我渴求理想的心为你哭多少回啊。
我所有的酒杯都张着口等候
你秋日的圣饼与黎明的美酒。

爱情,圣十字架,请以你那会做梦、
会哭泣的星辰之血灌溉我的沙漠。
爱情,你不再回到我死气沉沉的双眼,
它们既害怕又渴盼你黎明的泪水!

爱情,我不渴求这样的你——遥遥地
以快活的酒神女祭司的装扮或以
易受勾引的塌鼻女之貌被抽奖出售。

爱情,请不带肉欲地从神奇的灵液到来;
这样,我或许能沿用上帝的方法成为
无肉体之欢而恋爱生子的男人!

译注：诗中第二行"渴求理想的"一词西班牙语原文为idealista，一般解作"唯心主义的"或"理想主义的"，近似我们所说的"柏拉图式"或"纯精神的"（爱情）。倒数第三行"灵液"一词，西班牙语原文为icor，希腊神话中指诸神体内流的液体、血液。

上 帝

我觉察到上帝,他行走于
我体内如此深之处,伴同黄昏和大海。
我们和他一起离去。夜幕降临。
我们和他一起变暗。孤儿们……

但我觉察到上帝。甚至觉察他似乎
启示我一种我不知其妙何在的颜色。
他像是慈善团体团员,善良又哀伤;
愁容中可见一种情人般逗人喜爱的轻蔑:
那颗心肯定受了许多苦。

噢,我的上帝啊,我方得接近你,
而此际我多爱眼前的黄昏;此际
在某个人乳房的伪天平上,我称量
这易碎的世界的重量,且为其哭泣。

而你,你要为哪个哭泣呢……深爱着
如此一个硕大的旋转乳房的你啊……
我尊崇你,上帝,因为你爱得这么多;
因为你从不露笑容;因为你那颗心
肯定受了许多苦。

统 合

今夜,我的时钟抵住
我暗沉的太阳穴喘息,仿佛
左轮手枪的圆形弹巢在扳机
下方翻转却遍寻不着子弹。

静止的白色月亮闪现泪光,
成为瞄准的靶心……我感知巨大的
奥秘被禁锢于一充满敌意的卵形
意念中,于一橙黄的子弹中。

噢,约束的手,在每一扇门后
威胁的手,在每一座钟里
呼吸的手,弃权退让吧!

在你的骨架的灰蜘蛛上方,
另有一只以光打造成的巨手,正托住
一颗蓝色心形的子弹。

遥远的脚步声

父亲睡着了。他威严的面容
勾画出一颗平和的心;
他此际多美好啊……
如果还有什么让他痛苦,那一定是我。

屋子里有一股孤寂感;有人祷告;
今天没有孩子们的音讯。
父亲醒来,等着听
逃往埃及的消息,让伤口止血的告别。
他此际离得多近啊;
如果还有什么离他很远,那一定是我。

母亲在果园中散步,
品尝着已然无味之味。
她此际多温柔啊,
多么翅膀,多么出发,多么爱。

屋子里有一股无声的孤寂感,
没有音讯,没有绿色,没有童年。

如果有什么东西在这个午后破裂了,

有什么东西落下来,嘎吱嘎吱响,

那是两条白色、弯曲的老路。

我的心徒步其上。

译注:此诗第二节"逃往埃及"一词,显然用了《新约·马太福音》第二章中约瑟带着玛利亚与圣婴耶稣逃往埃及,以躲避希律王的杀戮之典故。

给我的哥哥米盖
　　——悼念他

哥哥,今天我坐在门边的板凳上,
在这里,我们好想念你。
我记得我们常在这时候玩耍,妈妈
总抚着我们说:"不过,孩子们……"

此刻,我把自己藏起来,
一如以往,在这些黄昏的
时刻,希望你找不到我。
穿过客厅,玄关,走廊。
然后你藏起来,而我找不到你。
哥哥,我记得那游戏玩得让我们
都哭了。

米盖,在一个八月的晚上
灯光刚亮,你藏起来了;
但你是悲伤,而不是高高兴兴地跑开。
而属于那些逝去的黄昏的你的
孪生的心,因为找不到你而不耐烦了。而现在
阴影掉落进灵魂。

啊哥哥，不要让大家等得太久，
快出来啊，好吗？妈妈说不定在担心了。

判 决

我出生的那一天
上帝正好生病

每个人都知道我活着,
知道我是坏蛋;而他们不知道
那年一月里的十二月。
因为我出生的那一天
上帝正好生病。

在我形而上的空中
有一个洞
无人能察觉:
以火光之花说话的
寂静的修道院。

我出生的那一天
上帝正好生病。

听着,兄弟,听着……

就这样。但不要叫我离去
而不带着那些十二月。
不丢掉那些一月。
因为我出生的那一天
上帝正好生病。

每个人都知道我活着，
知道我不停嚼……而他们不知道
为什么在我的诗里灵柩
阴暗的不悦嘎吱作响，
自沙漠中爱提问的
斯芬克斯身上展开的
焦燥的风。

每个人都知道……而他们不知道
光患了痨病
而阴影痴肥……
并且他们不知道神秘会合成……
不知道是那悦耳而
悲伤的驼峰，自远处向我们揭示
从**地界**到**地界**的子午线的脚步。

我出生的那一天

上帝病得

很厉害。

译注:斯芬克斯(Esfinge),又称"带翼的狮身女怪",参见前面《狭窄的剧院包厢》一诗译注。

Trilce
(1922)

2 时间时间

    时间时间。

正午僵陷于夜露的潮湿中。
厌烦的抽水机在营地往外舀水
时间　时间　时间　时间。

    已矣已矣。

公鸡的歌声徒劳地刮擦着。
晴朗日子的嘴巴吐出成对的
已矣　已矣　已矣　已矣。

    明天明天。

仍感暖和的小憩。
眼前这刻想着把自己保存到
明天　明天　明天　明天。

    名字名字。

那令我们汗毛耸立的一切叫作什么呢?
它叫作饱受名字名字**名字**之苦的
那相同之物。

3 我们的爸妈

我们的爸妈
他们几时会回来呢?
盲眼的圣地亚哥钟正敲六下
并且天已经很黑了。

妈妈说她不会去久的。

阿桂提达,纳第瓦,米盖,
小心你们要去的地方,那儿
叠影的幽灵出没
当当弹响他们的记忆走向
寂静的天井,那儿
母鸡仍惊魂未定,
她们吓得这么厉害呢。
最好就留在这儿,
妈妈说她不会去久的。

不要再烦躁不安了。去看看
我们的船,我们成天玩的

那几只——我的是最漂亮的了!
不必争吵,事实如此:
它们仍然在池塘里,载着它们的
糖果,准备明天出航。

让我们就这样等着,乖乖的,
别无选择的,等
爸妈回来,等他们的赔偿——
总是一马当先,总是
把我们留在家里
仿佛我们不会

      跟着走开。

阿桂提达,纳第瓦,米盖?
我叫着,在黑暗中摸索我的路。
他们不可能留下我一个人,
我不可能是那唯一的囚犯。

6 我明天穿的衣服

我明天穿的衣服
我的洗衣妇还没有替我洗好:
一度她在她欧蒂莉亚的血脉里洗它,
在她心的喷泉里,而今天
我最好别想知道　我是否让
我的衣服被不义的行为弄脏。

如今既然没有人到水边去,
用来长出羽毛的亚麻布在我的
衬格纸开始长羽根,而所有摆在床头桌上
原本会属于我的东西——
就在我身边——
却不是我的了。

　　　　　　　　　　它们还是她的财产,
随她橄榄肤色的善良发出光泽,情同手足。

而只要让我知道她会不会回来;
而只要让我知道她会在哪一个明天走进来
递给我洗好的衣服,我心灵的

洗衣妇。在哪一个早晨,她会满意地走进来
带着成果,绽开笑容,很高兴
证明她确实知道,确实能够
     一副她为什么不能的样子!
把所有的混乱弄蓝并且烫平。

11 我遇到一个女孩

我遇到一个女孩
在街上,她拥抱了我。
未知的 X,质言之,任何遇过她或会遇到她的人,
都不会记得她。

这女孩是我的表姐妹。今天,碰触到
她的腰时,我的双手进入了她的年纪
如同进入两座粉刷粗劣的坟墓;
而她带着这同样的荒凉感离去,
    阴暗天光下的三角洲,
    两者之间的三位一组。

   "我结婚了",
她对我说。不管小时候我们在已逝的
姑妈屋子里做了什么。
    她结婚了。
    她结婚了。

迟暮之年岁,

我们多么真切地渴望
假扮牛只,扮演套在一起的一对牲口,
但只是假戏,无邪天真,一如往常。

13 我想到你的性

我想到你的性。
我的心跟着简单了。我想到你的性
在白日成型的婴儿之前。
我触到快乐的花蕾,正是盛开时节。
而一个古老的感情死了,
在脑子里腐烂。

我想到你的性,一个比阴影的子宫
更多产而悦耳的犁沟,
纵使死亡是由上帝亲自授胎
生产。
哦良心,
我想到(是真的)自由自在的野兽
它享受它想要、能找到的一切。

哦,夕暮甜蜜的绯闻。
哦无声的喧闹。

闹喧的声无!

15 在我们同睡过许多夜晚的

在我们同睡过许多夜晚的
那个角落,我现在坐下来等着
再走。死去的恋人们的床
被拿开,或者另发生了什么事情。

以往为别的事情你会早早来到
而现在未见你出现。就在这个角落
有一夜我依在你身边读书,
在你温柔的乳间,
读一篇都德的小说。这是我们钟爱的
角落。请不要记错。

我开始回忆那些失去的
夏日时光,你的来临,你的离去,
短暂,满足,苍白地穿过那些房间。

在这个潮湿的夜里,
如今离我们两人都远远的,我猛然跃起……
那是两扇开阖的门,
两扇在风中来来去去的门
阴影　　　对　　　　阴影。

18 哦小囚室的四面墙

哦小囚室的四面墙。
啊四面惨白的墙
丝毫无误地对着同样一个数字。

神经的繁殖地,邪恶的裂口。
你如何在你的四个角落之间
扭拧你每日上链的四肢。

带着无数钥匙的慈爱的监护人啊,
如果你在这儿,如果你能知道
到什么时候这些墙还一直是四面就好了。
我们就会合起来对抗它们,我们两个,
永远要多出两个。而你不会哭泣,
你会吗,我的救星!

哦小囚室的墙。
长的两面最叫我痛苦,
在今夜,仿佛两个死去的母亲
各自牵着孩子的手
穿过溴化的
斜面。

而我孤单地留在这儿,
右手高高地搜寻着
第三只手,来
护养,在我的何处与何时之间,
这无用的成人期。

23 装着我那些饼干的通红的烤箱

装着我那些饼干的通红的烤箱
幼儿们无数的纯净的蛋黄,妈妈。

哦,你的四个咽喉,难以置信的
没有被充分哀悼,母亲:你的乞丐们。
两个最小的妹妹,已过世的米盖
以及仍在给
字母表里每个字母拉一条辫子的我。

在楼上的房间,从两堆压舱货里
你在早上、晚上,分给我们
那些美味的时间的圣饼,所以
现在我们已经有过多的
表壳,弯曲变形,因为
停止不动的24小时。

妈妈,而现在!现在,在哪个肺泡里,
在哪个毛细管的芽上,可能留有
今天卡在我喉咙里不想滑下去的

某个饼屑。今天，当即便
你纯净的骨头变作面粉
也可能无处揉捏它们
——温柔的爱的糕饼制造者！
即便在那天然的暗处，即便在大臼齿里
——牙龈搏动于默默加工、繁衍的
乳状的酒窝上——啊你屡见不鲜！
在新生儿合拢的手中。

所以地球会在你不发一语的沉默里听到，
他们如何不断向我们每个人收取
你离我们而去的这世界的租金
以及为无止尽的面包所付的费用。
他们要我们为其付费，然而当我们
年幼时，你知道的，
我们不可能从任何人身上
夺得它；是你把它给了我们，
不是吗，妈妈？

24 在一个开着花的坟墓边

在一个开着花的坟墓边
两个玛利亚哭泣着走过,
哭得泪涌入海流。

被拔掉羽毛的记忆中的美洲鸵鸟
伸出它最后一根羽毛,
以之镌刻彼得"说不"的手
于棕枝主日
葬礼颂歌与岩石的共鸣中。

从一个被翻动过的坟墓边
两个玛利亚唱着歌走过。

星期一。

译注:棕枝主日,又称圣枝主日、棕树主日或基督苦难主日(因耶稣基督在本周被出卖、审判,最后被处十字架死刑),是主复活日前的星期日。

27 这溪流叫我惊慌

这溪流叫我惊慌,
好心的记忆,强悍的主,执拗无情
冷酷的甜美。它令我惊慌。
这让我感觉舒适的房子,它是舒适的
对于那不知道何处可以栖身的。

我们不要走进去吧。我害怕这份礼物,
在几分钟内回头跨过破毁的桥梁。
我不想走下去,亲爱的主,
勇敢的记忆,悲伤的
吟唱的骨骼。

这被蛊惑的房子装着什么奇怪的东西。
他们给我许多水银的死,而我
用铅焊接我所俘获的
干枯的现实。

那不知道我们走得有多快的溪流
叫我们害怕,惊慌。

勇敢的记忆啊,我不想走下去。
苍白而悲伤的骨骼,哨声,哨声。

33 假如今夜下雨

假如今夜下雨,我将
退离这儿一千年。
也许一百年就好。
我将想象我还在来的路上,仿佛
什么事都没发生。

或者没有母亲,没有爱人,没有必要坚持
弯下身来窥伺坑底,赤手
空拳,
在如同今夜的夜晚,我将梳理
吠陀经纤维,
我最最末端的吠陀经羊毛,恶魔的
丝线,似乎已然
操控了
同一口钟里两个
　　　　不协调的时间的钟锤。

不论我如何编织此生
或想象我尚未出世,

都无法让自己获得解脱。

那不会是尚未到临者,而是
来过又已然离去者,
是来过又已然离去者。

译注:《吠陀经》是古印度婆罗门教典籍。吠陀是梵文"veda"的音译,意为"知识"或"光明"。

34 再也无关了,陌生人

再也无关了,陌生人,你曾深夜
与其一同归来,喋喋不休欢谈。
如今将不会再有人等候着我,
整理妥我的处所,化劣为优。

再也无关了,炎热的午后;
你广阔的海湾以及你的叫喊;再不会
与你的母亲闲聊了,
一整个下午她会泡茶给我们。

一切终于再也无关了:那些假日,
你推心置腹的顺从,你请求我
不要离去的那模样。

而再也无关了,那些微小的东西,徒留
无尽的伤悲给我的成年生活,
没有缘由,我们如是被生到这世界。

41 死亡跪着溅出

死亡跪着溅出
它不是血的白色的血。
闻起来有抵押品的味道。
但现在我想笑。

某件事情在那边被低声说着。静默。
有人从旁吹口哨壮胆,
你可以计算出配成对的
二十三根肋骨,在两边,互相
痛惜彼此的缺席;你也可以
成对地计数整列
高空秋千护送队。

而同时,警察鼓手
(再一次我想笑)
一心报复,用一根棒子敲打我们,
一遍又一遍,
从膜皮到膜皮,
一击
还
一击。

44 这台钢琴在内部旅行

这台钢琴在内部旅行,
它轻快跳跃着旅行。然后
来一个包了铁皮的小憩、
沉思,镶上十条地平线。

它前进。爬行于隧道中,
向前,深入痛苦的隧道,
深入天生难捉摸的脊椎骨。

它的号角管时而通畅,
因生活发黄的缓慢的亚洲,
黯然前行,
一团虫似的噩梦自行检视、摘除自己,
已然对通报新事物发生的雷鸣无感。

黑暗的钢琴,你在窥视
谁——以你的聋听我,
以你的哑让我聋?

噢，神秘的脉动。

译注：此诗第三节中的"号角管"，西班牙原文为trompa，可指号角，或身体中之管，譬如输卵管。

45 潮水涌来时,我脱离了大海

潮水涌来时,
我脱离了大海。

让我们一再从水中拔腿而出。玩味
那首巨大的歌,那通过
欲望的下唇演述的歌。
噢,不可思议的童贞。
微风吹过,不带盐味。

远远地,我嗅闻木髓的味道,
聆听那深沉的声距测量,寻找
底流的琴键。

而如果我们像这样一头栽进
荒谬之中,
我们将以一无所有的黄金包覆自己,
孵化出那尚未出生的
夜之翼——这费力成为翅膀
但已然不是的
孤儿般白昼之翼的姊妹。

49 不安地被咕哝咕哝嘀咕着

不安地被咕哝咕哝嘀咕着,长外衣
带感情,我走过那些真实的
     星期一。
没人找我或认出我,
连我自己都已忘记
     我将会属于谁。

某个衣橱,唯它,会识得
在一纸纸白色证书中的
     我们每一人。
那个衣橱,独独它,
自每一派系归来,
     自每一天生即瞎眼的
     枝状大烛台。

我同样没发现到任何人,在让
那些理性的星期一四溢如恶臭的
     这团粪便下;
而我只能对铁栅栏上的
每根尖刺微笑,疯狂地寻找

　　　　　　熟识者。

好心的衣橱啊,为我掀开
　　　　　　你那些白色纸张吧;
我期望至少能认出那个1,
我想要一个支点,我想要最起码知道
　　　　　　我身在此处。

在我们着装的侧厢里,
没有,什么人也没有:只有
　　　　　　敞开的门。
以及总是从仿如怪诞、引路的
食指般的挂钩上
自动滑落的衣服,
没有躯体,空空地动身
　　　　　　直抵那一大锅
加了各种理由的翅膀与油炸的界线
调配有度的幽微色泽里。
且深入骨头!

51 开玩笑罢了。我只是假装如此

开玩笑罢了。我只是假装如此,
就这样。没事了。要不然,
你还将看到
那样的胡闹、假作会多让我感到痛心。

开玩笑罢了。啊呀。
没问题了。
就像以前你曾这样对我,
所以我也同样演了一番戏。

我总是偷偷观察你是不是真的
在哭,
因为有时候,你会一个人走开
噘着你可爱的小嘴,
我连做梦也没想到你会当真,
你的眼泪让我投降。
啊没事了。

所以你现在知道:一切都是戏。

如果你哭个不停——好吧!

下次你弄虚作假的时候我连看都不看你一眼。

58 在囚室，在不可破的牢固中

在囚室，在不可破的牢固中，
墙角也挤成一团。

我修整那些压皱的、弯曲的、
破裂的裸女。

我从气喘吁吁的马下来，它怒发出
侮慢、冲天的鼻响；
一只汗冒如沫的脚对三蹄。
我助它继续上路：走吧，牲畜！

领到的总是比我
该发配出去的要少，
在囚室，那些流质的东西。

狱友以前吃从山丘上来的
小麦时，每用我的汤匙——
童年时，在爸妈餐桌上，
我边嚼边睡。

我悄声对他说：
回来，从另一个角落出来，
快……赶快……赶快啊！

不知不觉地，我为他引证、谋划，
容得下一张慈悲的简陋的破床的：
别乱想。那位医生很健康。

我不会再嘲笑了，当母亲
在我小时候，在礼拜天
凌晨四点，为旅人，
犯人，
病人
与穷人祈祷。

在幼儿园里，我不会再出手
殴打任何人，让他事后
滴着血哭说：下个礼拜六
我会把我那份肉食给你，但
不要打我！
现在我不会跟他说：好，乖乖照着办。

在囚室,在尚未凝结成一团的
无边际的气体里,
谁在外面绊了一跤?

61 今夜我从马上下来

今夜我从马上下来,
在家门前,先前我随
公鸡的啼叫声在此告别。
如今门紧闭,无人回应。

妈妈在上面生下我哥哥的
那张石凳——他由是有马鞍可跨坐,
而我总是骑在光秃秃的马背上
穿越街巷、树篱,一个乡下孩子;
我把悲伤的童年留在石凳上
任阳光将之染黄……那忧伤
镶在门上吗?

上帝沉浸于异乡的平静中,
马打了个喷嚏,仿佛也在叫门;
四下嗅闻,踢击卵石。而后疑惑,
嘶鸣,
竖耳细听。

爸爸一定整夜在祈祷，也许
他以为我会晚回来。
我的姐妹们，哼唱着她们单纯、
泡泡般熙攘的梦想，
为即将到来的节庆做准备，
几乎都已准备齐全了。
我等候又等候，我的心
如待孵之蛋，但却受堵。

我们离开这大家庭
不太久，现在没有人醒着，连一根点在
祭坛上等我们回来的蜡烛也没有。

我再次叫门，无效。
我们默不作声，开始啜泣，马
也嘶叫，不停嘶叫。

所有人都长眠了，
而且如此酣熟，最后
我的马也累得半死，不住
点头，半睡半醒地，每次点头都说
无妨，一切皆无妨。

64 飘忽不定的里程碑坠入爱河

飘忽不定的里程碑坠入爱河,从接生出(并标明其日期)那些谋叛的大气之壁龛的山间那一刻开始。

心因为殷殷等候而变成绿色;而在巴拿马运河——我在跟你们说话啊,腰部,底部,顶部们!——台阶发芽,步道上升着,步道下降
着。
而依然活着的我,
而知道如何站稳的我。

哦,万物死睡,不见巍峨高顶的山谷,可怕的半调色,没有清凉的溪流也没有爱的洞穴。哦在一根被拉得长长、指向光秃单一的手指上急奔而过的声音与城市啊。而始终,在那三个缓慢的空间后面属于一根巨大、聪明的肋骨的工人们走动着。

今天　　　明天　　　昨天

(不,人!)。

69 你如何追猎我们,哦海啊

你如何追猎我们,哦海啊,抖动着你诲人
不倦的卷册。多么伤心欲绝,多么凶暴啊
你曝晒于炽热的强烈日照里。

你带着锄头扑向我们,
你带着刀刃扑向我们,
在疯狂的芝麻里乱砍、乱砍,
当波浪哭泣地翻身,在
掏出四方之风以及
所有的记忆之后,以众多唇形的
大钨盘,犬齿的收缩,
以及静止的海龟的L。

随白日的肩膀胆怯的颤抖
颤动着的黑翼的哲学。

海,确定的版本,
在它单一的书页上反面
对着正面。

71 太阳蛇行于你清凉的手上

太阳蛇行于你清凉的手上,
在你的好奇心中小心翼翼地流散开。

别出声。没有人知道你在我里面,
全部的你。别出声。别喘气。没有人
知道我鲜美多汁的这整组点心:
黑暗的军团,哭泣的亚马逊族女战士。

下午,马车在马鞭声中一一离去,
我的马车也在内,朝后望向
你指间致命的缰绳。
你我双手相互伸展向前
如守护的两极点,练习消沉,
鬓与鬓,侧面与侧面。

未来的夕暮啊,同样别出声。
静定下来,会心地笑
紫红色斗鸡们这狂暴壮观的发情,
狂暴壮观地张牙舞爪,

以穹顶,以蔚蓝的寡妇般半钩月。

欢乐吧,孤儿——到任何

街角的杂货店饮一杯水吧。

74 去年那一天多精彩啊……!

去年那一天多精彩啊……!
以致如今我不知该如何对待它。

严厉的母亲领着上学,
骚扰我们的想法,我们的脸
蓄势难发。后来才知道
那话儿是恶作剧乐趣之所系,
刺激、穿透我们的太阳穴。
去年那一天多棒啊,
如今我不知该如何对待它,
破裂的太阳穴以及一切。

他们将拆离我们,为这,
为那,让我们不能再干坏事。
而我们的制式思维仍然说:
"你难道不听他们的吗?"
在两个黑暗的边缘之间并且分离
因为我们曾是孩童,并且因为在生命里
我们一度非常亲密地在一起,

他们遂将我们分锁在孤寂里过活。

要你举止检点。

77 雨雹下得这么大，仿佛我应该记起

雨雹下得这么大，仿佛我应该记起
并且添加我从
每一个风暴喷口搜集来的
珍珠。

这场雨千万不要干去。
除非如今我能够为她
落下，或者被埋葬
深浸于自每一处火迸射
过来的水里。

这场雨会进入我多深呢？
我怕我身体的一边还是干的；
我怕它会猝然终止，留下未经考验的我
在不可信的声带的干旱里，
在那上面，
为了创造和声
你必须一直升起，不能降下！
我们不是往下升吗？

唱吧，雨啊，在仍然没有海的岸上！

人类的诗
(1939)

时间的暴力

都死了。

安东尼娅女士死了,在村子里卖廉价面包,声音粗粗的那位。

圣地亚哥神父死了,他喜欢年轻的哥儿们、姑娘们和他打招呼,对所有人,一律回以"早安,荷西!早安,玛丽亚!"

年轻的金发女子卡洛塔死了,留下一个几个月大的小男孩,母亡八日后也跟着死了。

我的姑妈阿碧娜死了,她常常唱些传统节拍和调式的歌,一边在走廊里为受人敬重的伊莎多拉——她的职业是女佣——缝衣服。

一个独眼老人死了,我忘了他的名字,但他在早晨的阳光里睡着了,坐在街角锡匠铺门口。

拉约死了，一条跟我一样高的狗，天晓得被谁射杀了。

我的姐夫卢卡斯死了，愿他的腰安宁，我此生每遇旁无一人的雨天，就想起他。

我的母亲在我的左轮手枪里死了，我的妹妹在我的拳头里，而我弟弟在我流血的内脏里，有一种让人感到悲哀型的悲哀把他们三个连结在一起，每逢八月，年复一年。

乐手孟德斯死了，个子高大，嗜酒成性，他用首调唱名法用他的竖笛吹忧郁的触技曲，他的演奏让邻近的母鸡们在太阳下山之前都早早入睡了。

我的永恒也死了，而我在为它守灵。

生命中最糟的状况

有一个人说:

——我生命中最糟的状况发生在马恩河会战时,当时我胸部受了伤。

另一个人说:

——我生命中最糟的状况发生于一次横滨海啸时,我奇迹般地获救了,躲在一间漆器店的屋檐下。

又另一个人说:

——我生命中最糟的状况是在我午睡时。

又另一人说:

——我生命中最糟的状况是在我大感寂寞的时候。

又另一人说:

——我生命中最糟的状况是在我被关在一间秘鲁的监狱时。

又另一人说：

——我生命中最糟的状况是有次从侧面出其不意吓我父亲一跳。

最后一个人说：

——我生命中最糟的状况还没发生。

骨头的名册

他们大声下令：

——让他同时摊开双手。

而这是不可能的。

——在他哭的时候测量他的步伐。

而这是不可能的。

——让他在零依然无用时心系同一念。

而这是不可能的。

——让他做点疯狂事。

而这是不可能的。

——在他以及另一个与他相似的人之间安插一群跟他一样的人。

而这是不可能的。

——将他跟他自己相比。

而这是不可能的。

——最后一件事，用他的名字叫他。

而这是不可能的。

我来谈谈希望

我并非以塞萨尔·巴列霍的身份受此痛苦。我受苦，非以艺术家、男人的身份，甚至非以一单纯的存活的个体。我承受此痛，不因我是天主教徒、伊斯兰教徒或者无神论者。今天我受的苦没有缘由。如果我的名字不是塞萨尔·巴列霍，我还是会承受同样的痛苦。如果我不是艺术家，我的痛苦依旧。如果我不是男人，甚至不是存活的个体，我的痛苦依旧。如果我不是天主教徒、无神论者或伊斯兰教徒，我的痛苦依旧。我今日所受的苦来自更深的底层。今天，我是个纯粹的受难者。

我现在所受的苦无法言说。我的痛如此之深，无从探知原因——也不乏原因可溯。可能的原因为何？那个重大到不再成为理由的事物何在？无缘无由——缘由也无所不在。这痛苦因何而生？为自身而生吗？我的痛苦来自北风与南风，好比稀有之鸟在风中所产下的无性别的卵。如果我的爱人死了，我的痛苦依旧。如果他们将我的喉咙连根砍断，我的痛苦依旧。总之，即使人生是另一样貌，我的痛苦依旧。我今日所受的苦来自更远的高处。今天，我是纯粹的受难者。

我注视饥饿者的痛苦,发现他挨的饿远不及我受的苦,我想我可以至死都不进食,总会有根草叶在我坟上冒出。恋爱中的人就是如此。他的血液翻腾,不像我的——既无源头又无出口!

以前我认为宇宙万物都必然不是父母就是子女。但是请看:我的痛苦无关乎父母也无关乎子女。它没有足以支撑暮色的后背,而过宽的前胸又让晨光无法进来。将它放在阴暗的房间,它不会发光;将它放在明亮的房间,它不会投影。无论如何,我今天都会受苦。今天,我是纯粹的受难者。

渴望停止了

渴望停止了，尾巴在空中。突然间，生命猝然截断自己。我自己的血以女性的线条溅洒在我身上，连城市自己也跑出来看是什么东西骤然中断。

——这男人之子发生了什么事？——城市叫喊着，而在卢浮宫一厅，一个小孩因看见另一个小孩的画像而惊慌大哭。

——这女人之子发生了什么事？——城市叫喊着，而在一座路易王朝时代的雕像，一片草叶从它的掌心长出。

渴望在高举的手最高处停止。而我躲在自己背后，暗中察看自己是低低穿过或高高地走来走去。

我在笑

一粒小圆石,只一粒,最底下的一粒,
控制了
整座不祥的、法老的沙丘。

大气有了记忆与渴望的
　　　　　　　张力,
在阳光下静默着
直到向金字塔强索其脖子。

渴。流浪的部落水化的忧郁,
一滴
接
一滴,
从世纪到分钟。

有三个平行的三,
留着太古胡须的人
行进着　　3　3　3

这是伟大鞋店此幅广告的时代，
是赤脚行进的时代
从死亡　　朝向　　死亡。

高度与头发

谁没有蓝色衣服?
谁不吃午饭,不搭乘电车,
身怀买来的香烟和袖珍型疼痛?
我只是被生了下来!
我只是被生了下来!

谁不写信?
谁不谈论重要的大事,
被习惯困死,因听闻而哭泣?
我只是被生了下来!
我只是被生了下来!

谁不叫卡洛斯或其他某个名字?
至于猫,谁不称之为猫呢?
唉,我只是被生了下来!
唉,我只是被生了下来!

帽子,大衣,手套

在法兰西剧院对面,有一家
摄政咖啡馆,里面有个隐密的
空间,有一张扶手椅和一张桌子。
我走进时,静止的灰尘都站起身来。

在我橡胶般的双唇间,有根
点燃的香烟,迷蒙烟色中可见
两股浓烟——仿佛咖啡馆的胸腔,
而胸腔中,哀愁的铁锈深深。

重要的是秋天自我移植接枝为更多秋天,
重要的是秋天应当把自己与新芽,
云朵,学期合成一体;与颧骨,与皱纹。

重要的是疯狂地去闻,去追问
雪有多炽热,乌龟是如何地转瞬即逝,
"如何"有多简单,"何时"有多急促!

在苦与乐之间有三个家伙调解

在苦与乐之间有三个家伙调解,
其中一个看着墙,
第二个惯以悲伤情绪对之,
第三个踮着脚尖前行;
但你我之间
只存在第二者。

倚着我的额头,白日
同意,的确
宇宙间有很多确切之事;
但如果快乐,说到底也有个尺寸,
始于,啊,我的嘴巴,
谁会来索求我的话?

相当于永恒的瞬间意义的
是
束上黑线的此次相会,
但相当于你短暂的告别的
却全都是不变之物——
你那家伙,灵魂,我的话。

当网球选手精湛地发射他的

当网球选手精湛地发射他的

子弹时，一种全然的动物本真支配着他；

当哲学家突然悟出一个新真理时，

他是一头百分之百的兽。

阿纳托尔·法朗士宣称，

宗教感是人体某个特殊器官附带产生的作用，

迄今依然未明，由是，

也可以说，

当这样一个器官充分发挥作用的

那一刻，

信徒是如此不受恶意之扰，

你几乎可以把他视为一颗蔬菜。

哦，灵魂！哦，思想！哦，马克思！哦，费尔巴哈！

译注：阿纳托尔·法朗士（Anatole France，1844—1924），法国小说家，1921 年诺贝尔文学奖得主。费尔巴哈（Ludwig Andreas von Feuerbach，1804—1872），德国哲学家。

白石上的黑石

我将在豪雨中的巴黎死去,
那一天早已经走进我的记忆。
我将在巴黎死去——而我并不恐惧——
在某个跟今天一样的秋天的星期四。

一定是星期四,因为今天(星期四)当我提笔
写这些诗的时候,我的手肘不安得
厉害,而从来从来,我不曾
感觉到像今天这样的寂寞。

塞萨尔·巴列霍他死了,每一个人都狠狠地
锤他,虽然他什么也没做。
他们用棍子重重地揍他,重重地

用绳索;他的证人有
星期四,手肘骨
寂寞,雨,还有路……

那天是星期天,在我驴子清朗的耳朵里

那天是星期天,在我驴子清朗的耳朵里,
我那头在秘鲁的秘鲁驴子(请原谅我的哀愁)。
但今天已是十一点,依我个人经验而言,
钉于胸口的一只眼睛的经验,
钉于胸口的一件驴事的经验,
钉于胸口的一次百牲祭的经验。

我看到我国偏远山丘的图像,
盛产驴,驴儿驴女,今日所见的驴爹驴娘,
已然被绘上信仰,
横卧的我的忧伤山丘。

伏尔泰的雕像英姿:握剑,
斜披斗篷,俯瞰广场,
然而阳光刺痛我并让大量的无机体
吓得逃出我的门牙。

当时我在一块石上做梦,
翠绿的,十七,

我已忘却的大圆石的编号,

自我手臂细如针的谣传发出的岁月的声音,

欧洲的雨水和阳光,还有啊,我用力咳嗽!我努力生活!

当度星期如世纪时,我的头发有多疼!

我的微生物周期何其曲折,

我指的是我那危颤颤、爱国的发型。

今天我不再那么喜欢生活了

今天我不再那么喜欢生活了
但我一直喜欢活着：我早说过。
我几乎触及了我的整体的局部，然后对
在我言词后的舌头射一枪遏制住自己。

今天我触摸我后退的下巴，
置身于这些短暂的裤子里，我对自己说：
这么丰富的生活，从来没有过！
这么丰富的岁月，永远都是我的一周一周！……
我的双亲埋葬于他们的墓石下
但他们悲伤的僵直尚未结束；
全身全躯的兄弟，我的兄弟，
而总之，我现在站立着且穿着背心。

我热爱生活
但是，当然，
我亲爱的死和我的咖啡在我左右，
看着巴黎枝叶繁茂的栗树
我说着：

这是一只眼睛,那也是;这是一个额头,那也是……且一再说:
这么丰富的生活以及从没让我失望过的歌曲!
这么丰富的岁月以及永远,永远,永远!

我说背心,说
整体,局部,渴望,说几乎——以避免哭。
我的确在旁边那家医院受了苦,
从下而上察看过一遍自己的身体组织
是件好事也是坏事。

我一直喜欢活着,即使胸腹着地,
因为,正如我以往所说,我再说一遍:
这么丰富的生活,从来没有过!这么丰富的岁月,
以及永远,许多永远,永远永远!

致过客书

我重启我的兔子白昼,
我的大象夜晚歇止。

在心中,我说:
这是未经加工的我的无穷空间,以壶计,
这是令我感恩的体重,为我在下方寻找鸣禽;
这是我的手臂,
独立自主拒当翅膀,
这些是我神圣的经文,
这些是我惊惶的睾丸。

阴郁的岛屿将会像大陆一样照明我,
当国会大厦被我内心深处的崩塌整个支撑起,
而长矛处处的代表大会终止了我的游行。

但当我死于
生活而非时间,
当我的两个行李箱成双成对,
这一定是我的胃,刚好装放我破碎的灯,

这是我的头,补偿我步履中周而复始的折磨,
这些是我心脏逐一清点的蠕虫,
这一定是与我休戚相关的身体,
由一个单独的灵魂照管;这一定
是我的肚脐,我弄死新生虱的地方,
这是我的东东西西,可怕的东西。

此时,痉挛地,粗暴地
我的制约系统康复了,
吃尽苦头,一如我饱受狮子直言之苦;
而既然我一直夹在两股砖的势力中求生,
我用双唇微笑,自己康复了。

等到我回来那一天

等到我回来的那一天,从这颗石头
将生出我决定性的脚跟,
连同它的罪行,它的常春藤,
它惊人的顽固,它的橄榄树。

等到我回来的那一天,以一个
痛苦的跛子坦率的正直,从水井到
水井,继续我的旅程,我明白
人,无论如何,还是要善良。

等到我回来的那一天并且等到我
这头兽能行走,于他的诸审判官间,
我们勇敢的小指头将变大,
且可敬,众指头中无限的一指。

最后,那持续的好闻的香味不见了

最后,那持续的好闻的香味不见了,
不见了,
它的忧郁商数不见了,
我小小的优越阖上其斗篷,
我的众特质阖上它们的小盒子。

啊,感觉如何竟绉成这个样子!
啊,一个僵固的意念如何已走进我的指甲!

患白化病,呆板,不设防,带着一整公顷的颤抖,
我的快感在星期五崩垮,
但我碑哀的悲哀由愤怒与悲伤构成
而在其沙质的、无痛的边缘,
感觉将我弄皱,让我陷入困境。

金的窃贼,银的受害者;
我从受害者那儿窃取的金子,
　　　抛诸脑后,将让我富!
我从窃贼那儿窃取的银子,

抛诸脑后,将让我贫!

可憎的制度,假天空之名以及支气管和破产之名的气候,致贫所需付出的巨大的款额……

饥饿者的刑轮

我发着臭气,穿出自己的牙缝,
咆哮,推进,
挤落了我的裤子……
我的胃空出,我的小肠空出,
贫乏把我从自己的牙缝间拖出,
我的袖口被一支牙签钩住。

谁有一块石头
可以让我现在坐上去?
即使是那块绊倒刚生产过的女人的石头,
羔羊的母亲,缘由,根源,
有没有这么一块石头?
至少那另一块畏缩地
钻进我灵魂的石头!
至少
刺马钉,或者那坏掉的(谦卑的海洋),
或者甚至你不屑于用来丢人的一块,
把它给我吧!

要不然那块在一场羞辱中孤独且被戮刺的石头

把那块给我吧!

即使是扭曲、加冠了的一块,在那上头

正直良知的脚步只一度回响,

或者,如果没有其他的石头,就给我们那块以优美弧度抛出,

即将自动落下,

以地道的内脏自居的,

把它给我吧!

难道没有人能够给我一块面包吗?

我将不再是一向的我了,

只求给我

一块石头坐下,

只求给我

(拜托你们!)一块面包坐下,

只求给我

用西班牙语

某样终于可以喝,可以吃,可以活,可以休息的东西,

然后我就会走开……

我发现到一个陌生的形体,我的衬衫

褴褛而邋遢,

我什么也没有了,真可怕哪。

停滞于一颗石头上

停滞于一颗石头上,
失业,
衣衫褴褛,令人恐惧,
在塞纳河畔走来走去。
觉悟接着从河里涌出,
带着贪婪之树的叶柄与划痕:
城市在河中升起又下降,以被拥戴着的狼群打造成。

失业者看着它来来去去,
纪念碑似的,他的绝食藏在凹陷的头里,
他最洁净的虱子在胸间,
而在那底下
是他骨盆(静待于两项伟大的
决定之间)发出的细小声音,
而在那底下,
在更底下的地方,
是一张小纸,一根铁钉,一根火柴……

劳工们,这就是

那在工作中汗流浃背的人，
如今在体内滴着他分泌出的被拒绝的血液！
那知道有多少爪是钢的枪管铸工，
那知道他血管坚实的脉络的织工，
那建筑金字塔的石匠，
从平静的圆柱，从堆聚出胜利的
失败垂降的建筑工，
三千万失业者中的一个失业者，
行走于人群中，
他的脚跟上刻绘着何等的跳跃，
他未进食的嘴巴如何地吐气，他的
腰身如何，刃碰刃地，切入已停滞了的冷酷的机床，
而多么不可思议的痛苦的阀门在他颊骨上！

同样地，铁在火炉前停滞了，
种子以及空气中它们柔顺的光合作用停滞了，
连锁的石油停滞了，
光在其真实的省略号中停滞了，
月桂的成长停滞了，
流水挺着一只脚停滞了，
甚至大地本身，面对这停工现象也惊得停滞了，
他的肌腱上刻绘着何等的跳跃！
他的上百个脚步开启了何等的传动！

马达在他脚踝上发出何等的尖叫声!

时钟如何地吱嘎作响,焦急地在他背后晃来晃去!

他如何地听见老板们吞下

他所需要的那一口酒,啊同志们,

以及认错口水的面包,

且听到,感受到,复数地,人性地,

闪电如何地将其

无头的力量钉入他的头里!

而那时他们做了什么,在那底下,唉!

在更底下的地方,同志们,

一张废纸,一根铁钉,一根火柴,

细小的声音,特大的虱子!

巴黎，一九三六年十月

在这一切当中我是唯一离去的，
从这张椅子我离去，从我的裤子，
从我伟大的境况，从我的行动，
从我裂成了好几部分的号码，
从这一切当中我是唯一离去的。

从香榭丽舍大道，或者在穿过
月亮奇异的偏僻小巷后，
我的死亡离去，跟着我的摇篮离去，
且被包围于人群中，孤独，隔绝，
我的人类相似品旋转着，
将其影子一个个杀死。

而我从每一样东西离去，因为每一样东西
都被当作不在犯罪现场证明而留下；
我的鞋子，鞋孔，还有它的泥巴，
甚至扣着纽扣的我的
衬衫它肘部的衬里。

而如果在这么多言词之后

而如果在这么多言词之后,
言词本身不复存在!
如果在鸟的翅膀之后,
站立的鸟不复存在!
那会更好,真的,
将一切耗光,从此一了百了!

生来是为了靠死亡而活!
经历诸般自身的灾难
把我们自己从天上举向大地,
并且等候适当的时机用我们的阴影将黑暗熄灭!
那会更好,坦白说,
将一切耗光,这有什么区别!……

而如果在这么多历史之后,我们不再为
永恒而屈从,
而只是为那些平凡的事情,譬如待在
家里或开始沉思!
而如果随后我们发现,

突然地,我们活着——
从星星的高度,从梳子,
以及手帕的污渍判定!
那会更好,真的,
将一切耗光,是的当然!

他们将说我们
一只眼里有许多悲伤,
另一只眼里也有许多悲伤,
两只眼里,任他们怎么看,都是许多悲伤……
那么……当然!……那么……啊无言!

矿工们从矿坑出来

矿工们从矿坑出来
从他们未来的废墟爬上来,
他们用爆炸声包扎、护卫他们的健康,
并且,为了锻炼他们的心智功能,
用他们的呐喊封闭
矿井,形如一痼疾。

看看那些腐蚀他们的粉尘!
听听高处他们那些氧化物!
口的楔子,口的铁砧,口的器械(棒极了!)

他们坟墓的顺序,
他们易塑的感应,他们齐声的回答,
群涌至火焰炽热的不幸事故脚下,
这些悲惨、悲伤的人了解那暴怒的黄色,
全身浸染着
逐渐被耗尽的金属,苍白、微小的准金属。

顶着辛劳的头颅,

穿着兔鼠皮的鞋，

踟蹰于无尽的小路，

两只肉眼流着泪，

深度的创造者，

他们知道如何，从无间断的天空般的阶梯，

看着上面爬下去，

看着下面爬上来。

赞美他们体格的古老竞技，

失眠的器官，粗野的口水！

他们的睫毛显现的果断、锋利与精确！

愿野草、地衣和青蛙繁衍于他们的副词中！

铁长毛绒在他们新婚的床单上！

底层是女人，他们的女人！

愿他们一家幸福快乐！

他们是非凡的人物，这些矿工

从他们未来的废墟爬上来，

锻炼他们的心智功能，

用他们的呐喊凿开

矿井，形如一痼疾！

赞美他们金黄的体格，

他们神奇的矿灯，

他们的立方体与菱形，他们易塑的不幸事故，

他们有六条视神经的大眼睛,

他们在教堂玩耍的孩子们

以及他们沉默的、孩子般的父母亲!

啊,向深度的创造者致敬!……(棒极了)

译注:此诗诚为巴列霍杰作。一开头的两行就吸睛、惊心地将日日处于矿场灾变威胁的矿工生活,以实("矿工们从矿坑出来")、虚("从他们未来的废墟爬上来")交叠的方式呈现出——今日工作其中的矿坑,明天可能就成为将他们掩埋的废墟、坟穴!

一根柱子支撑着安慰

一根柱子支撑着安慰，

另一根柱子，

复制的柱子，柱子，

仿佛一扇黑暗的门的孙子。

失去的声音，有些，聆听着，在疲惫的边缘；

有些，成双成对，喝着酒，用把手。

我岂不知今日是何年，

岂不识这爱里的恨意，这额头之匾？

我岂不知这午后在消耗日子？

岂不知从没有人跪着说"绝不"？

我见过的柱子在听我说话；

另外有一些柱子，一对对，我小腿忧伤的孙子。

我在美洲铜上说话，

它欠白银这么多热火！

在第三个婚礼得到安慰，

苍白，新生，

我要封闭我的洗礼池,这玻璃橱柜,

这长着乳房的恐惧,

这小教堂里的手指,

衷心诚意地与我的骨骸连在一起。

供阅读与歌唱的诗

我知道有个人
日日夜夜,在她的手中寻我,
时时刻刻,在她的鞋子里寻觅我。
她不知道夜跟着
厨房后的马刺一起被埋葬了吗?

我知道有个人是由我各个部分所组成,
我与她合为一整体,当我的腰身
骑在它精准的卵石上。
她不知道那印有
她肖像的钱币不会回到她的首饰箱了吗?

我知道白日,
但太阳已逃离我而去;
我知道她在她床上结合他人的英勇以及
微温的水所进行的那宇宙的行动,它的
表面频率是个矿井。
那个人,是不是,太小了
以至于连她自己的脚都踩在她上面?

猫是她与我之间的地界,

就在其水价表旁。

我看到她在街角,她的衣服

开开阖阖,先前是一株探询的棕榈树……

除了变化哭泣,她还能做什么?

而她不停、不停地寻我。真是个传奇!

译注:请参阅后面《吉他》一诗译注。

口音挂在我的鞋子上

口音挂在我的鞋子上;
我听见它全然
屈从,发亮生辉,弯曲成琥珀状
并且悬荡着,染了色,难看的样子。
这样一来我成了超大尺寸,
法官们从树上就看到我了,
他们用后背看到我向前
走进我的锤子里,
停下来看一个女孩,
然后在小便池前,耸耸肩。

我身边确实什么人也没。
我不在乎,非我所需;
他们确实说过我该走人:
我心知肚明。

最残酷的是祈祷时的尺寸!
屈辱,光辉,深邃的森林!
我早已是超大尺寸,弹性特佳的雾,

从上、从以前、整个儿的,皆快速。

沉着冷静!沉着冷静!不祥的

电话铃声随后立刻响起。

是那口音!是它!

我留下来温暖那淹死我的墨水

我留下来温暖那淹死我的墨水
并且聆听我的另一个洞穴,
有形的夜晚,抽象的白昼。

未知的东西在我扁桃体里颤抖,
我因为一年一次的忧郁症嘎吱嘎吱响,
日光的夜晚,月光的白昼,巴黎的日落。

然而,就在今天,傍晚时分,
我消化最神圣的确证,
母亲的夜晚,曾孙女的白昼,
双色的,淫荡的,渴切的,妖娆的。

而仍然
我到达了,坐在一架双人座飞机
在日常的早晨和瞬间出现的
无尽的雾中到达自己。

然而

即便现在,

在那颗我在上头赢得我快乐的与

大有学问的杆菌的彗星尾巴,

看呀,热热的,聆听者,阴性的地球、太阳,阳性的月亮,

我隐名埋姓穿过坟场,

向左走,用两行

十一音节诗划开群草,

坟墓的岁月,无限的公升,

墨水,笔,砖,以及宽恕。

和平，胡蜂，鞋跟，斜坡

和平，胡蜂，鞋跟，斜坡，
死者，分升，猫头鹰，
地点，癣，石棺，杯子，黑妞，
无知，锅，祭坛侍童，
水滴，遗忘，
权力，堂表兄弟，大天使，针，
教区神父，乌木，轻蔑，
局部，类型，惊愕，灵魂……

柔软的，藏红色的，外部的，清晰的，
手提式的，旧的，十三个的，沾满鲜血的，
已拍照的，准备就绪的，肿胀的，
有关联的，长的，饰有缎带的，不忠的……

热切于，相较于，
生活于，愤怒于，
击打着，分析着，聆听着，颤抖着，
奄奄一息于，固守于，处于，痛心于……

之后，这些，这里，

之后，上面，

也许，而，后面，这么多，从来没有，

下面，或许，远远地，

总是，那个，明天，多少，

多少！……

那恐怖的，那奢侈的，那慢吞吞的，

那威严的，那徒劳的，

那不祥的，那痉挛的，那潮湿的，那致命的，

那全部的，那最纯粹的，那阴郁的，

那苦涩的，那恶魔似的，那触觉的，那深刻的……

译注：巴列霍此诗相当独特而有创意，也几乎是一首"不可译"的诗。全诗没有主词，纯然是"目录似"一堆字词的堆叠——在第一节他并置了 la paz（和平）、la avispa（胡蜂）等 28 个名词；第二节则罗列了 dúctil（柔软的）、azafranado（藏红色的）等 15 个形容词；第三节则是 ardiendo（热切于）、comparandodúctil（相较于）等 12 个 "副动词"（gerundio），这些副动词平常使用时会随上下文而意思有所不同，无法果断地以任何固定中文字词对应之，此处中译只能尽力为之，帮读者领会原作者用心；第四节罗列了 después（之后）、éstos（这些）、aquí（这里）等 18 个副词或代名词、连接词等虚词；最后一节则并置了 lo horrible（那恐怖的）、lo suntuario（那奢侈的）等 16 个由 "冠词+形容词" 构成的词组。

受苦，博学多识，有品

受苦，博学多识，有品，
他吼叫；镇静，沉思，枯瘦，违背誓言，
他去，他回，他回答；他果敢行动，
宿命，鲜红，不可遏制。

在社会中，在玻璃中，在灰尘中，在烟煤中，
他抽身而去；他犹豫不决，滔滔不绝；他发亮，
他翻筋斗，谦恭地；
身着丝绒服，满眼泪光，他退却。

惦记之？坚持之？一走了之？原谅之？
皱眉蹙额，他以斜躺，
呆板，惊呆，墙壁般之姿告终；
他打算撞击自己，混淆自己，毁灭自己。

不容置疑地，不受惩罚地，
幽暗地，他将嗅出，他将明了；
他将口头着装；
捉摸不定地他将前去，将畏缩，将遗忘。

译注：此诗——如同前一首诗——是一首颇"新颖"，充满今日"后现代主义"式，"开放结局"趣味的诗。

我纯粹因为热而发冷

我纯粹因为热而发冷,
嫉妒姊妹啊!
狮子舔我的影子
而老鼠咬我的名字,
我的灵魂妈妈啊!

我走到深渊边缘,
邪恶姊夫啊!
毛毛虫演奏着它的声音,
而声音演奏着毛毛虫,
我的肉体爸爸啊!

我的爱人就在我面前,
鸽子孙女啊!
我的恐惧,在膝上,
我的苦痛,在头上,
我的灵魂妈妈啊!

直到没有2的那一天,

坟墓老婆啊,

我最终的铁发出

一条睡着的蝰蛇的声音,

我的肉体爸爸啊!

信任眼镜,而非眼睛

信任眼镜,而非眼睛;
信任楼梯,而绝非一级台阶;
信任翅膀,而非鸟,
并且只信任你自己,你自己,你自己。

信任卑鄙,而非卑鄙者;
信任酒杯,但绝非酒;
信任尸体,而非人,
并且只信任你自己,你自己,你自己。

信任多数,而非单一;
信任河床,而断非河流;
信任裤子,而非腿,
并且只信任你自己,你自己,你自己。

信任窗户,而非门;
信任母亲,但非那九个月;
信任运气,而非金骰子,
并且只信任你自己,你自己,你自己。

结婚进行曲

在我个人行动之顶端,
手持王冠,神的兵团,
颈系否定的标志,猛烈的
火柴与速度,惊呆了的
灵魂和勇气,让目光脚颤的

双重撞击;大喊大叫;
生气勃勃且狂热的极限;
将我不明确的泪水一吞而尽,

我将点燃自己,同样将点燃起来的是
我的蚂蚁,我的钥匙,让我丧失了
我前进动机的那些哀叹。

然后,用原子做成麦穗,
我将在她脚下点燃我的镰刀,
而麦穗终将成为真正的麦穗。

愤怒使大人碎成许多小孩

愤怒使大人碎成许多小孩，
使小孩碎成同量的鸟，
而鸟，随后，碎成许多虫卵；
穷人的愤怒
以一瓶油对抗两瓶醋。

愤怒使树碎成许多树叶，
使树叶碎成不同量的叶芽，
使叶芽碎成许多需要用望远镜看的狭缝；
穷人的愤怒
以两条河对抗众多海。

愤怒使美善碎成许多疑虑，
使疑虑碎成三个相似的圆弧，
而圆弧，随后，碎成许多未料及的坟墓；
穷人的愤怒
以一块铁对抗两支匕首。

愤怒使灵魂碎成许多肉体，

使肉体碎成许多不相似的器官，
而器官，随后，碎成一分为八的思想；
穷人的愤怒
以一核心之火对抗两个火山口。

强度与高度

我想要写,但出来的只有泡沫,
我想要说许多东西,而我却陷入僵局;
每一个声音的数字都是一笔数目,
每一座文字的金字塔都得有个核心。

我想要写,但我只感觉到豹;
我想要用桂冠加冕,但它们却发着洋葱味。
每一个说出来的语字都与云雾对等,
每一个神或神子的出现都得经过预言。

既然这样,让我们去吧,去吃青草,
啜泣的肉,哀伤的果实
我们腌存着的忧郁的灵魂。

去吧,去吧!我已吃苦太多;
让我们去喝那已经斟酌过的,
让我们,啊乌鸦,去叫你的爱人怀孕。

吉他

受苦、憎恨的乐趣
以柔软毒药染我喉咙,
但那注入神奇秩序、
斗牛威势的鬃毛,在第一
与第六
与虚假的第八弦之间,遭受所有的苦。

受苦的乐趣……谁?对谁?
谁,白齿吗?对谁样社群,
口香糖里暴怒的碳化物吗?
如何能不激怒邻近的人而安身
安身于此?

你远胜过我的号码,孤独一男,
你鹰的展示,
你虎的机制,温柔的身旁人啊,
远胜过有着诗的散文,
散文之诗的
整本字典。

受苦的乐趣,

在桌前等待希望的乐趣,

星期天以及所有的语言,

星期六以及中国、比利时时间,

一星期,以及两口痰。

穿着拖鞋等待的乐趣,

蜷缩在一句诗后等待的乐趣,

生气勃勃翘着一根恶棍等待的乐趣;

受苦的乐趣:女性的左拳之击——

她精疲力竭,腰上一块石头,

精疲力竭,在弦与吉他之间,

哭一日日,唱一月月。

译注:巴列霍写于1937年10月的这首诗,语意闪烁不明,但读起来有点受情欲之苦("孤独—男""生气勃勃翘着一根恶棍等待"),以及男女间施虐、受虐的趣味。诗中那位让诗人受"左拳之击"的女性,应是巴列霍的法国籍太太乔吉特(Georgette Vallejo, 1908—1984)。她小巴列霍十六岁,1927年2月,当巴列霍在巴黎蒙庞西耶街上走过来邀她喝咖啡时,她一眼就认出了这位住在她邻近地区的男子,她先前一直注意到他。这一年他们多次约会,但直到1929年,巴列霍与其绿眼女友亨丽埃特(Henriette Maisse)分手后,两人才在一起。他们于1934年10月结婚,1938年4月巴列霍病逝时

她陪在他身旁。据说她将巴列霍以她为灵感写成的本书前面那首《供阅读与歌唱的诗》，连同他的遗体一起下葬。乔吉特说巴列霍是一个"冷漠单调的人，全神贯注于自己所思所为"，不会费心对别人好些。两人之间的关系似乎有点紧张、难搞。

什么东西进入我

什么东西进入我,让我用一条线鞭打自己
且觉得句点,以小跑的速度,跟踪我?

什么东西进入我,让我放了
一颗蛋而不是一条披巾在肩膀上?

什么东西进入我,让我仍然活着?
什么东西进入我,让我行将绝命?

什么东西进入我,让我有眼睛?
什么东西进入我,让我有灵魂?

什么东西进入我,让别人以我为结局
化作一阵风从我脸颊扬起?

什么东西进入我,让我滴了两滴泪,
哭大地并且绞死地平线?

什么东西进入我,让我哭自己没有能力哭,

笑自己先前笑得太少?

什么东西进入我,让我非生非死?

九只怪物

而不幸地,
痛苦时时刻刻在这个世界滋长着,
以每秒三十分钟的速度,一步一步地。
而痛苦的本质是两次的痛苦
而殉难的境况,食肉的、狼吞虎咽的,
是两次的痛苦
而最纯净的草地它的功用是两次的
痛苦
而存在的好处,是双倍地加害我们。

从来,人类之人啊
从来不曾有过这么多痛苦在胸间,在衣领,在钱包,
在玻璃杯,在屠宰摊,在算术里!
从来不曾有过这么多痛苦的感情,
远方从来不曾威胁得这么近,
火从来不曾如此逼真地扮演它
死火的角色!
从来,健康大臣啊,从来不曾见过
更致命的健康

不曾见过偏头痛从额头榨出这么多额头!
而家具在它的抽屉里装着的是,痛苦,
心在它的抽屉里,痛苦
蜥蜴在它的抽屉里,痛苦。

困厄滋长着,兄弟啊,
比机器还快,以十部机器的速度,跟着
卢梭的家畜,跟着我们的胡子;
邪恶不知道什么原因滋长蔓延着,
它是一场洪水,带着自己的液体、
自己的泥土、自己坚固的云!
苦难颠倒位置,能叫
眼球里的水状液与地面
垂直,
眼睛被看到而这只耳朵,被听到,
而这只耳朵在闪电的时刻敲了
九下钟,九阵哄笑
在麦的时刻,以及九声女音
在哭泣的时刻,以及九篇颂歌
在饥饿的时刻,以及九声霹雳,
九声鞭响,减掉一声呐喊。

痛苦抓着我们,兄弟啊,

从背后，从侧面，

逼我们疯狂摄入电影，

将我们钉进留声机，

把我们从床铺拔出，垂直地掉进

我们的车票，我们的信；

苦难重且大，你可以祈祷……

因为痛苦的缘故

有一些人

被生出，一些人长大，一些人死去，

另有一些人生而不死，一些人

未生即死，另有一些人

不生不死（这是最多的）。

同样因为苦难的

缘故，我从头

哀伤，到脚更哀伤，

看到面包被钉死于十字架，萝卜

流着血，

洋葱哭泣，

谷类率皆成为面粉，

盐巴磨剩粉末，水逃开，

酒成为戴荆冕的耶稣像，

雪如此苍白，而阳光如此被烧焦！

如何，人类的兄弟啊，

如何能不告诉你我已经无法再
我已经无法再能够忍受这么多的抽屉,
这么多的分钟,这么多的
蜥蜴以及这么多的
倒错,这么多的距离,这么饥渴的饥渴!
健康大臣啊:要怎么办呢?
不幸地,人类之人,
兄弟啊,要办的东西太多了!

有个人肩上扛着面包走过

有个人肩上扛着面包走过。
这一来,我要写关于我的分身的事吗?

另一个人坐着搔痒,从腋下抓出一只虱子,弄死它。
谈论精神分析还有什么价值?

另一个人手持棍棒进入我的胸膛。
之后要跟医生聊苏格拉底吗?

有个跛子走过,胳膊被一个小孩搀扶着。
这一来,我还要读安德烈·布勒东吗?

另一个人冷得发抖,咳嗽,吐血。
这有可能跟"深层自我"有关联吗?

另一个人在污泥中翻寻骨头、果皮。
这一来,要如何书写无限的时间空间?

有个泥水匠从屋顶摔落毙命再也吃不到午餐。

之后，要创造新的比喻，新的暗喻吗？

有个商人少给顾客一克的重量。
这一来，要谈一下四度空间吗？

有个银行家做了假账。
要用什么脸在戏院哭？

有个流浪汉脚抵着背睡着了。
这一来，要跟任何人谈毕加索吗？

有个人参加葬礼低泣。
之后如何成为学术院的院士？

有个人在厨房擦拭枪支。
谈论来世还有什么价值？

有个人一边走过一边扳着指头计数。
要如何谈论"无我"而不发出叫喊？

译注：安德烈·布勒东（André Breton, 1896—1966），法国作家及诗人，超现实主义创始人。

手掌与吉他

现在,只有我们两个在这里,
请跟我来,用手把你的身体移过来,
让我们共进晚餐,以两个生命共度一段
片刻人生,并且与我们的死亡分享。
现在,请把你自己带过来,帮个忙
以我的名义抱怨,在暗夜的光中,
你牵着你的灵魂的手,
让我们踮起脚尖逃离自我。

来我这里,是的,来你那里,是的,
以同样的步伐,却见我俩步调不一致地
踩着告别的步伐。
直到我们回来!直到归来之时!
直到阅读之前,粗野无识!
直到我们回来,让我们说再见!

步枪对我有何重要?
请听我说;
请听我说,步枪对我有何重要,

如果子弹已然在我签名的显位上盘旋?
子弹对你有何重要,
如果步枪已然在你的臭名或芳名里冒烟?
就在今天,我们将在一个盲人的臂弯里
称量我们那颗星的重量,
而一旦你对我歌唱,我们将会哭泣。
就在今天,美人啊,踩着你安稳的步伐,
带着你被我的不安所唤起的信赖感,
我们将脱离自己,成双成对。
直到我们变瞎!
直到
我们因这样的归来而哭泣!

现在,
只有我们两个,请用手
把你这可爱人物移过来,
让我们共进晚餐,以两个生命共度一段
片刻人生,并且与我们的死亡分享。
现在,请把你自己带过来,帮个忙
唱点什么
并且奏响你的灵魂,拍响手掌。
直到我们回来! 直到那时!
直到分开之前,让我们说再见!

轭

彻底地。此外，生！
彻底地。此外，死！

彻底地。此外，一切！
彻底地。此外，空无！

彻底地。此外，世界！
彻底地。此外，尘土！

彻底地。此外，上帝！
彻底地。此外，无人！

彻底地。此外，永不！
彻底地。此外，恒是！

彻底地。此外，黄金！
彻底地。此外，烟云！

彻底地。此外，泪！
彻底地。此外，笑！

彻底地！

事实是,我穿上我裤子的地方

事实是,我穿上我裤子的
地方,是一间我在那里
大声脱掉我衬衫的房子,
我在那里有一块容身之地,一个灵魂,一幅我的西班牙的地图。
刚刚我跟我自己
在说我自己,我把一块
大面包放在一本小书上,
而接着,我转换动作,我想哼一下
歌,我把生活的右面
转换到左面;
然后,我清洗了我全身上下,我的肚子,
很有精神地,很有尊严地;
我转身看有什么地方不干净,
擦掉那些让我趋身接近的东西
并且整理好那幅,我不知道,
究竟是在点头或哭泣的地图。

我的房子,很不幸的,是一间房子,
侥幸地,一块容身之地,在那里住着

刻有字的我心爱的小茶匙，

如今胸无点墨的我亲爱的骨架，

刮胡刀，一根不变的雪茄。

说真的，当我想到

人生怎么一回事，

我忍不住要说给乔吉特听，

为了要吃点好东西，出门去，

在下午，买一份不错的报纸，

留存一天以备无时之需，

也留存一晚，如果已经有了

（如他们在秘鲁说的——不好意思）；

同样地，我小心翼翼忍耐着，

不让自己大声喊叫或哭出来，因为眼睛，

独立于吾人之外，有它们自己的贫困，

我的意思是，它们的职能，某样

从灵魂滑出又坠入灵魂的东西。

在经过了

十五年；在那之后，十五年，在那之前，也十五年，

你感觉到，事情，真的很可笑；

那却也是必然的，你能够怎么样呢！

你如何能够遏止那变得更坏的事情，

除了活下去，除了想办法

活在那数以百万计的

面包当中，在数以千计的酒瓶，数以千计的嘴巴，

在太阳以及它的光亮——月亮

以及在弥撒，面包，酒与圣灵当中。

今天是星期日，因此，

我脑中生出想法，心中不禁悲泣，

而喉咙里，仿佛有一块大疙瘩。

今天是星期日，这事

已历千百年；不然

也许，会是星期一，而我心中会生出想法，

脑中，不禁悲泣，

而喉咙里，有一种可怕的冲动想淹没

我此际的感受，

一个如我一样，多方受苦之人的感受。

译注：此诗写于1937年11月，巴列霍死前五个月。诗中提到的乔吉特是巴列霍的太太。巴列霍四十六岁死时，她三十岁。她于巴列霍死后也成为一位知名作家、诗人，并致力于巴列霍诗、文集的编辑与出版工作。《人类的诗》此本诗集，书名即为乔吉特所定，于1939年出版。

某样东西将你与离你而去的人

某样东西将你与离你而去的人结为一体,而返回是共同的本领:此即你最大的悲哀。

某样东西将你与留在你身边的人隔开,而分离是共同的奴性:此即你最逊的欢乐。

如是,我全心投注于共同的个人性,以及个别的共同性,还有,在两者间,那些躺着行进向边界之声的人,或者那些,简单地,在世界边缘原地踏步的人。

在小偷与受害者之间存有某种一贯中立、严格中立的东西。此情同样见于外科医生和患者之间。凸面的、源自太阳光的一个恐怖的新月覆盖着双方。因为被偷走的东西也有它自己不受影响的重量,而被开刀的器官也有它自己悲哀的油脂。

世上有什么事比快乐的人无法不幸而善良的人无法邪恶更令人恼火的?

离开!留下!返回!分离!所有的社会机制都适合这些词。

总之,我只能用我的死亡来表达我的生命

总之,我只能用我的死亡来表达我的生命。

而,不管怎么样,在梯级状的自然与一整个阵营的麻雀之后,我和我的影子,手牵手共眠。

而,从可敬的行动与别的呻吟退下后,我小憩,思索时间无畏的行进。

那么,为什么要绳子,如果空气这么稀薄?何以需要锁链,如果铁独立存在?

塞萨尔·巴列霍,你藉以爱的韵律,你藉以书写的语言,你藉以聆听的微风,皆通过你的喉咙方了解你。

因此,塞萨尔·巴列霍,跪下吧,带着无差别的骄傲,带着以蝰蛇装饰的婚床与六角形回声。

回到肉体的蜂巢,回到美色;让发霉的软木变芬芳,封住通向狂怒的类人猿的两个岩洞;最后,诊治一下你那头令人反感的鹿;自哀自怜吧。

因为没有比被动语态里的恨更沉重的东西,没有比爱更吝啬的乳房!

因为我已不能行走,除非以两座竖琴为脚!

因为你已不认得我,除非我机械地、啰唆地跟着你!

因为我不再发送虫蛆，只发送半音符！

因为我连累你如是多，你消瘦得不成形！

因为我带着一些羞怯的蔬菜，也带着一些勇敢的蔬菜！

所以夜里在我支气管里破裂的爱，是神秘莫测的教长们白天带来的，而，如果我醒来苍白，那是由于我的工作；而，如果我入夜后通红，那是由于我的工人。这同样说明了我这些厌烦以及这些残渣，我出名的叔父伯父姑父舅父们。这最终也说明了，这滴，我为人类幸福而落的泪！

塞萨尔·巴列霍，难以

相信你的亲人们姗姗来迟，

知道我已被押上路，

知道你已无拘无束长眠！

俗丽浮夸，糟糕透顶的命运！

塞萨尔·巴列霍，我对你又爱又恨！

译注：此诗写于 1937 年 11 月 25 日，不到五个月后（1938 年 4 月 15 日）巴列霍于巴黎病逝。

西班牙,求你叫这杯离开我
(1940)

1 给共和国志愿军的赞歌

西班牙的志愿军,有着十足

硬骨的民兵斗士,当你的心向死亡迈进,

肩负世界的悲痛出发杀敌

之际,我真不知道

该做什么,该如何自处;我跑,我写,我鼓掌,

我哭泣,窥探,粉碎,沉寂,我对

我的胸膛说该结束了,该有好结果的,

我想要伤害自己;

我敞露我那无个人属性的额头直到触及

鲜血之杯,我才停住,

我的体积受阻于建筑师那些著名的坠落,

那尊荣我的兽以之自以为荣;

我的本能倒流回它们的绳索,

喜悦在我坟前冒烟,

而再一次,不知道该做什么,一无所有,啊离开我,

离开我空白的墓石,让我

只身在此,

四手动物,离此更近些,离彼处更远些,

既然我的双手容纳不了你长久的狂喜瞬间,

就用你双刃的速度

撞碎穿着伟大外衣的我的渺小!

有一天,一个晴朗、专注、丰饶的白昼

(噢两年啦,那些以哀求度日的阴暗学期,

火药在这期间不断自啮手肘!

噢,坚硬的痛苦以及更坚硬的燧石!

噢,人民口中咔嚓咔嚓咬着的马嚼子!)

有一天人民点燃起他们被禁的火柴,愤怒地祈祷

且无比饱满地,圆浑地,

以选举之手固守他们与生俱来的权利;

暴君们已然拖着挂锁,

而挂锁中,他们的死细菌……

争斗?不!是激情!这激情以

被希望的栏栅所围的痛苦为前奏,

以怀抱人类希望的人民的痛苦为前奏!

平民们为和平赴死的激情!

为橄榄树间的战争赴死的激情,让我们直说吧!

因此,风改变了你呼吸中的大气之针,

你胸间的坟墓更换了钥匙,

你的额头举向第一股殉难的力量。

世界惊呼:"西班牙的事!"没错。我们且
平心,直截了当地,想想
卡尔德隆,枕着死去的两栖动物的尾巴入睡,
或塞万提斯,声称:"我的王国隶属这个世界,也
隶属另一个世界":双重角色的点与面!
想想戈雅,跪在镜子前祷告,
想想科尔,那信奉笛卡尔的勇士,在他袭敌行动中
平实的步伐有着云朵的汗水,
或者克维多,爆破手们即刻认宗的祖师爷,
或者卡哈尔,将自己耗尽于他微小的无限,或者再
想想特蕾莎,一位因为不会死而死去的女子,
或者莉娜·欧德纳,她不止一处与特蕾莎相抵触……
(每一个美妙的行动或声音都来自人民
且朝向人民,或直接,或迂回传达,
经由绵长不绝的细丝,经由功败垂成的
苦涩的暗号粉红色的烟雾。)
此即你的孩子,民兵斗士,此即你贫血的孩子,
被一块不动的石头所激动,
牺牲自己,浪迹远处,
往上坠落,又经由她耐火的火焰升起,
升向弱者,
将西班牙分发给公牛,
将公牛分发给鸽子……

因宇宙万物而死的无产者,在什么样狂热的和谐中

你的宏伟将终止,你的贫苦,你具推动力的旋涡,

你有条不紊的暴力,你理论上与实践上的混乱,你但丁式,又

最西班牙式的渴望——渴望爱你的敌人,即便看似投敌叛变!

戴着镣铐的解放者,

没有你的努力,广度至今将依然无把手,

钉子将无头地游荡,

日子,将古老,缓慢,发红,

我们心爱人的头骨,将依然未葬!

为人类而倒下的带着你绿色枝叶的农民,

带着你小拇指为公众的弯折,

带着你留下的公牛,带着你的物理,

还带着你系在棍棒上的话语

以及你租来的天空,

带着嵌入你疲惫里的泥土

与嵌入你指甲缝中的泥土,啊正行进着!

农业的

建设者们,无分平民和军人,

共构成勤快、熙攘的永恒:那里写着

你们将缔造光,在死时

半掩半映着你们的眼帘;

当你们的嘴巴残酷地倒下时,

丰饶将置于七个托盘来到，世上的

一切都忽然金闪闪，

而这金闪闪之物——

乞求你们自身分泌出之血的神奇乞丐，

这金闪闪之物随而成为真正的金子！

所有的人将相亲相爱，

将握着你们悲伤的手帕一角吃饭

且代你们不幸的喉咙

喝酒！

他们将踵武此道，在道旁休息，

他们将边哭边想着你们的眼窝，他们将

有福，随着你们

令人震惊的、开着花的、天生注定的归来之声，

明日他们将更新他们的工作，他们梦见、歌赞的人物！

同样的鞋子将适合任何无需路

便能上升至其身躯的人

以及任何下降至其灵魂之体的人！

互相拥抱着的哑者将说话，而跛者将行走！

走回来的盲者如今将看见，

而颤抖的聋者将听到！

无知者将变得聪慧，聪慧者变得无知！

无法给予的亲吻将被给予!
只有死亡会死去! 蚂蚁
将为被自身巨大的精致所困锁的
大象带来面包屑;流产的孩子
将重新完好、占有其位地诞生,
而所有的人将工作,
所有的人将生殖,
所有的人将谅解!

工人,我们的救世主和救赎者,
请赦免,兄弟啊,我们的债务!
一如摇动的鼓声缓缓说出的金言:
你的背影,绝非瞬间即逝!
你的轮廓,总是变化万千!

意大利的志愿军,在其战斗兽群中
一头阿比西尼亚狮子正跛足前行!
苏联的志愿军,行进向你宇宙胸怀的前端!
从南方、北方、东方来的志愿军,
还有从西方来的你,一起终结黎明的葬歌!
熟识的士兵,他的名字
在拥抱声中入列前进!
战士啊,大地培育你,以尘土

武装你,

以确实的磁石作你的鞋子,

你行之有效的个人信念,

特质鲜明,你亲和的戒尺,

近在眼前的皮肤,

跃然于你肩头的你的语言

以及戴着卵石冠冕的你的灵魂!

被你的寒带、温带或

热带裹着的志愿军,

四方来的英雄,

胜利纵队中的牺牲者:

在西班牙,在马德里,指令就是

杀,为生命而战的志愿军们!

因为在西班牙他们杀人,有些还杀

孩童,杀他戛然而止的玩具,

杀一脸灿烂的罗森达妈妈,

杀跟他的马大声说话的老亚当,

杀睡在楼梯上的狗。

他们杀害书本,对着书上的助动词开枪,

对着不设防的第一页!

他们杀栩栩如生的雕像,

杀智者,杀他的手杖,杀他的同事,

杀隔壁的理发师——他或许帮我剪过发，
是个好人，但遭到了不幸；
他们杀昨天还在对面高歌的乞丐，
杀今天哭着路过的护士，
杀扛着他膝盖坚毅不屈高度的教士……

志愿军们，
为了生命，为了善良的百姓，请杀死
死亡，杀死恶人！
请为全人类的自由而行动，
不分被剥削者与剥削者，
为无苦无痛的和平——我觉得有此可能
当我沉睡于我额头底部时，
而更觉其可能，当我四处奔走呐喊——
行动吧，我不断地说，
为了我写给他信的文盲，
为了赤脚天才和他的羔羊，
为了倒下的同志们，
他们的骨灰拥抱着一条路的尸体！

为了你们，
西班牙与全世界的志愿军，能够到来，
我梦见自己是好人，配一睹

你们的血,志愿军们……

从此有了许多胸膛,许多热望,

许多长大了、懂得祈祷的骆驼。

如今,良善在你们这一方燃烧着行进,

有着内在睫毛的爬行动物亲昵地追随你们

以及,就差两步,一步,

那尚未燃烧前奔流向前一探其尽头的水流的方向。

译注:巴列霍写作于1937年、由十五首诗构成的《西班牙,求你叫这杯离开我》,于1938年9月首次印出,但未装订或发行,西班牙内战后仅存一份,于1940年2月方于墨西哥正式出版。此处这首开篇之诗共十二节,长达176行,是巴列霍一生中最长诗作。第一节诗第11、12行("我的体积受阻于建筑师那些著名的坠落,/那尊荣我的兽以之自以为荣")可能是全诗最困难、费解处,有评论者认为"建筑师"(arquitecto)或指希腊神话中的迷宫建筑师代达罗斯(英语Daedalus,西语Dédalo),他与其子伊卡洛斯(英语Icarus,西语Icaro)使用蜡造的翼逃离克里特岛时,因飞得太高遭太阳融化跌落水中;也有评论者认为系指建造宇宙的"伟大建筑师"(造物主),隐含"理性"之义,与次行的"兽"(el animal,或亦可解为人类所具的"兽性")成对比。巴列霍一方面暗示"理性"让吾人由"兽"渐进化为"人",一方面又渴望勇敢、富"激情"的(良性的)"兽性",叹"我的本能倒流回它们的绳索",像一只被束缚的狗。第一节诗中的"四手动物"(cuadrumano),指四肢能握物的动物;而"双刃的速度"(rapidez de doble filo)让人想到斗牛场上挺着两只角,朝斗牛士冲撞而来的牛——巴列霍在此将自己比作无惧于赴死的斗士/斗牛士。第二节诗中的"两年",指西班牙内战(1936年7月至1939年4月)

发生之前的两年间（1934—1936），即所谓"黑色的两年"（el bienio negro）；马嚼子（freno），为马口中所含的链状铁片，两端系上缰绳，以便驾驭马匹。在第四节诗中，巴列霍颇亮眼地将历史上伟大的西班牙人物与当代战争英雄、女英雄交织在一起，包括——卡尔德隆（Pedro Calderón de la Barca, 1600—1681），西班牙古典戏剧家，代表作《人生如梦》；塞万提斯（Miguel de Cervantes Saavedra, 1547—1616），西班牙最伟大的小说家，代表作《堂吉诃德》；戈雅（Francisco José de Goya y Lucientes, 1746—1828），画风奇异多变的西班牙浪漫主义大画家；科尔（Antonio Coll），首位（徒步）以土制手榴弹炸毁意大利坦克的西班牙内战英雄；克维多（Francisco de Quevedo, 1580—1645），西班牙古典诗人、讽刺家，可能是巴列霍最崇拜的西班牙诗人；卡哈尔（Santiago Ramón y Cajal, 1852—1934），西班牙神经组织学家，致力于神经细胞研究，1906年获诺贝尔医学奖；特蕾莎（Teresa de Jesús, 1515—1582），西班牙著名神秘主义者、修女、女作家，有诗句"我活着但没有真正活着，/以此境况我期望/我死去而不会死去……"（Vivo sin vivir en mí, / y tan alta vida espero / que muero porque no muero...）；莉娜·欧德纳（Lina Odena, 1911—1936），西班牙共产主义者，西班牙内战中于南方战线上被捕自杀身亡的女英雄。第八节第三行"缓缓说出的金言"，原文为"en sus adagios"，西班牙语"adagio"可指格言、金言，亦可指乐曲的慢板。第九节第二行"一头阿比西尼亚狮子正跛足前行"，指当时意大利墨索里尼领导的法西斯势力正在侵略阿比西尼亚。

4 乞丐们……

乞丐们为西班牙战斗
在巴黎行乞,在罗马,在布拉格,
如此,以一只哀求、粗野的手,
为使徒们的脚背书,在伦敦,在纽约,在墨西哥。
乞丐们加入战斗,向上帝苦苦
乞求赢得桑坦德,
那不再有人落败的战斗。
他们把自己投献给古老的
苦难,他们怒吼,在个人的脚下,
为社会的铅块痛哭,
以呻吟攻击,
以单纯的行乞杀敌。

步兵的祈求——
武器自上面的金属祈求来,
他们的愤怒祈求,比凶恶的火药更能命中要害。
沉默的中队,他们以
致命的节奏发射他们的温驯,
从门口,从他们自身,啊从他们自身。

潜在的战士,

他们没有袜子的脚穿着雷鸣,

魔王似的,以数量计的,

拖着他们有力的称号,

面包屑在腰间,

双口径的步枪:血以及血。

诗人向武装的苦难致敬!

译注:桑坦德(Santander),西班牙北部之港城,全球知名的桑坦德银行发源于此。附近曾发现史前期洞穴,上有壁画。

9 给一位共和军英雄的小祈祷文

一本书长留在他死去的腰际,
一本书自他死去的身体萌芽。
他们带走了英雄,
而他有血有肉而不幸的嘴巴进入我们的呼吸;
我们汗流浃背,在我们肚脐的重担之下;
流浪的月亮跟随我们;
死者,同样地,也因悲伤流汗。

而一本书,在托雷多战场,
一本书,在其上,在其下,一本书自他的身体萌芽。
紫色的颊骨的诗集,在说与
未说之间,
用伴随着他的心与道德讯息写成的
诗集。
书留下,其他什么也没有,因为坟墓里
一只昆虫也没有,
而沾血的空气留在他的袖边
逐渐虚化,没入永恒。

我们汗流浃背，在我们肚脐的重担之下，
死者，同样地，也因悲伤流汗
而一本书，我感动地看到，
一本书，在其上，在其下
一本书猛烈地自他的身体萌芽。

11 我注视着尸体……

我注视着尸体,注视着它迅速的清楚的状态
以及灵魂非常迟缓的混乱;
我看见他还活着;在他的嘴里是
两张嘴巴混杂的年岁。
他们叫着他的号码——碎片。
他们叫着他的爱:那更好!
他们叫着他的子弹:同样死掉!

而他的消化系统仍然完好无损,
他混乱的灵魂徒然地留在后边。
他们离开他,并且听着,而就是在那个时候
在一瞬间
那尸体几乎秘密地复活了:
但是他们听他的脑袋,而——日期!
他们在他的耳边哭泣——更多日期!

12 群体

战事完毕,
战斗者死去,一个人走向前
对他说:"不要死啊,我这么爱你!"
但死去的身体,唉,仍然死去。

另外两个人走过去,他们也说:
"不要离开我们!勇敢活过来啊!"
但死去的身体,唉,仍然死去。

二十个、一百个、一千个、五十万个人跑到他身旁,
大叫:"这么多的爱,而没有半点法子对付死!"
但死去的身体,唉,仍然死去。

成百万的人围绕在他身边,
众口一词地请求:"留在这儿啊,兄弟!"
但死去的身体,唉,仍然死去。

然后全世界的人
都围绕在他的身边,悲伤的尸体感动地看着他们:
他缓缓起身,
拥抱过第一个人;开始走动……

14 当心,西班牙……

当心,西班牙,当心你自己的西班牙!

当心那没有锤子的镰刀,

当心那没有镰刀的锤子!

当心那不由自主的牺牲者,

那不由自主的刽子手,

以及那不由自主的冷漠者!

当心,在鸡鸣前,要三次

不认你的那人,

还有,之后,要三次不认你的那人!

当心那些没有胫骨的头颅,

以及那些没有头颅的胫骨!

当心那些新当权者!

当心那吃你们尸体的人,

以及那把你们活活吃死的人!

当心那百分之百的忠诚!

当心此侧天际的云霄

以及彼方云际的天空!

当心那些爱你的人!

当心你的英雄们!

当心你的死者们!

当心共和国!

当心未来!……

15 西班牙,求你叫这杯离开我

世界的孩子们

如果西班牙垮了——我是说如果——

如果她从天上

垮了下来,让两张地上的岩床

像吊腕带一样抓住她的手臂;

孩子们,那些凹洼的庙宇是怎么样的年代啊!

在阳光中我传给你的讯息多么早啊!

在你胸中原始的吵声多么急速啊!

在练习本里你的数字2有多么古老啊!

世界的孩子们,妈妈西班牙

她辛苦地挺着肚子;

她是手持藤条的我们的老师,

是妈妈兼老师,

十字架兼木头,因为她给你高度,

晕眩,除法,加法,孩子们;

饶舌的父母们,是她在照顾一切啊!

如果她垮了——我是说如果——如果西班牙

从地上垮了下来

他们将如何停止长大,孩子们!

如何年岁将责罚它的月份!

如何牙齿将十颗十颗地串在一起,

双元音化作钢笔的笔画,流泪的勋章!

如何年幼的羔羊它的腿

将继续被巨大的墨水池所绑着!

如何你们将走下字母的阶梯

到达悲伤所生自的字母!

孩子们,

斗士的子孙,暂时

压低你们的声音,因为此刻西班牙正在

动物的王国里分发生命力,

小花、流星,还有人哪,

压低你们的声音,因为她深浸在

她伟大的强热里,不知道该

做些什么,而在她的手中

头颅在说话,滔滔不绝地说着说着,

头颅,有发辫的头颅!

头颅,充满活力的头颅!

压低你们的声音,我告诉你们:

静下你们的声音，音节的歌唱，事物的

哭泣以及金字塔微弱的耳语，啊甚至静下

被两颗石头压着的你们太阳穴的呻吟！

压低你们的呼吸，并且如果

她的手臂掉下来，

如果她的藤条咻咻地鞭打，如果夜已降临，

如果天空在两爿人间的地狱边境之间找到它的位置，

如果那些门的声音喧哗起来，

如果我来迟了，

如果你看不到任何人，如果钝的铅笔

吓倒了你们，如果妈妈

西班牙垮了——我是说如果——

快出去，世界的孩子们，快出去找她啊……

图书在版编目（CIP）数据

永恒的骰子：巴列霍诗选 /（秘）塞萨尔·巴列霍著；陈黎，张芬龄译 . — 北京：北京联合出版公司，2021.6（2022.12 重印）
ISBN 978-7-5596-5171-6

Ⅰ . ①永… Ⅱ . ①塞… ②陈… ③张… Ⅲ . ①诗歌—作品集—秘鲁—现代 Ⅳ . ① I778.25

中国版本图书馆 CIP 数据核字（2021）第 057706 号

永恒的骰子：巴列霍诗选

作　　者：［秘鲁］塞萨尔·巴列霍
译　　者：陈　黎　张芬龄
策 划 人：方雨辰
出 品 人：赵红仕
责任编辑：孙志文
特约编辑：王文洁
装帧设计：孙晓曦 pay2play.design

北京联合出版公司出版
（北京市西城区德外大街 83 号楼 9 层　　100088）
北京联合天畅文化传播公司发行
山东临沂新华印刷物流集团有限责任公司印刷　新华书店经销
字数 111 千字　860 毫米 ×1092 毫米　1/32　7 印张
2021 年 6 月第 1 版　2022 年 12 月第 2 次印刷
ISBN 978-7-5596-5171-6
定价：56.00 元

版权所有，侵权必究
未经许可，不得以任何方式复制或抄袭本书部分或全部内容
本书若有质量问题，请与本公司图书销售中心联系调换。
电话：64258472-800